KB252359

에우메니데스

고전 · 르네상스 영문학회 델피시리즈 그리스극 3

에우메니데스

Eumenides

아이스킬로스 지음 ― 이봉희 옮김

도서출판 동인

델피시리즈를 내며

고전·르네상스 영문학회에서는 그리스 및 로마 드라마와 르네상스 시대의 영국 드라마의 중요한 작품들을 번역하는 작업에 대한 논의가 오랫동안 있었다. 이 계획의 구체적 결과물이 델피시리즈이다.

이 시리즈의 우선 목적은 그리스와 로마의 대표적인 드라마와 르네상스 시대의 영문학 고전을 접함으로써 우리의 삶이 더욱 풍요로워질 수 있는 독특한 문학의 가치를 학생들 스스로 탐색할 수 있도록 하기 위함이다. 다른 번역서와 차별화된 델피시리즈의 특징은 본문의 번역 이외에 작품의 내용을 다양화하여 일반 독자뿐 아니라 학생들을 위한 학습용이면서 동시에 고전 문명과 드라마, 그리고 연극에 관심 있는 학생들을 위한 안내서라는 점이다.

델피시리즈가 시도하는 그리스와 로마 드라마의 번역에는 한계와 문제점이 있음을 인정한다. 여기 참여하는 번역진은 모두 영문학자들이다. 그렇기 때문에 번역은 원어인 그리스어나 라틴어가 아닌 영어를 우리말로 옮긴, 말하자면 중역이기 때문에 원문이 지닌 의미를 놓치는 부분이 상당 부분 있으리라 생각된다. 그러나 번역진은 다양한 영어 번역서를 참고하여 그 한계를 최대 한도로 좁히고자 노력하였다.

학생들과 일반 독자들에게 접근이 그리 쉽지 않은 고전 작품의 독서를

통하여 고전을 이해하고, 문학의 텍스트를 파악하여 작품이 주는 흥미와
즐거움을 델피시리즈를 통하여 많은 분들이 체험할 수 있기를 기대한다.

고전·르네상스 영문학회 델피시리즈 기획위원장

고려대학교 교수 송 옥

　　아이스킬로스의 『에우메니데스』의 번역작업에서 가장 큰 어려움은 그리스어 원문의 번역인 영문을, 그것도 차이가 많은 여러 번역본을 참고하면서 다시 한국말로 옮기는 일이었다. 원문에서 두 단계 더 멀어진 작업이라는 절망이 내재된 번역이었다. 최선의 방법은 가장 권위 있고 정평 있는 영어번역들을 택하여 비교하면서 번역하고, 최대한의 내용전달을 위해 애를 쓰며 그를 위해 자세한 주를 첨부하는 것이라고 생각했다. 영어 번역본의 선택기준은 공연이 가능한 평이한 말로 되어 있는가에 두었고 무엇보다 희곡인 만큼 언어로 그 의미가 전달될 수 있게 번역하고자 함으로써 고전 르네상스학회의 델피시리즈에서 정한 방향에 따랐다. 그러나 아이스킬로스의 언어가 갖는 음악성이나 그것을 살린 영어의 리듬과 운을 접하고 나면 다시 한국어로 그걸 살려야 하는! 막막함을 경험한 것이 한두 번이 아니었음을 고백한다.

　　오레스테스 삼부작 중 마지막 작품 『에우메니데스』는 삼부작의 결론에 해당하는 중요한 작품인데 그동안 우리나라에서는 약간 등한시된 것도 사실이다. 그러나 아이스킬로스가 신화를 통해 그려 보여주려는 당시의 사회상, 원한과 복수의 악순환, 정의와 용서, 새로운 문화와 해묵은 문화, 신구세대간의 갈등, 남녀의 갈등 등의 문제와 그 해결책은 문화충격을 넘어서서 미래충격 속에 살고 있는, 그리고 어려 문화들의 갈등과 충돌 속에 살고 있는 오늘의 우리들에게도 많은 공감과 깨달음을 줄 수 있을 것이다.

이 한편의 작품을 이해하기 위한 적지 않은 신화적 배경을 주석에 상세히 달아 제공하면서 일반 독자뿐만 아니라 학생들에게 조금이나마 신화의 이해에 도움을 줄 수 있게 되리라는 기대를 해본다. 아울러 바라기는 독자들도 아이스킬로스의 신화적 가치의 재창조를 단순히 수용하는 자리에서 더 나아가 이 글을 통해 또 다른 신화의 해석과 그것을 통한 우리 문화권에 맞는 새로운 가치를 창조하는 나름의 눈을 키울 수 있다면 좋겠다는 생각을 해본다. 어차피 신화란 끝없이 재창조되는 기호이며 상징이기 때문이다.

번역 자료로는 최근 가장 현대적이고 공연 가능한 언어로 번역되었다고 평을 듣는 Peter Meineck(Hackett Publishing Co. 1998)의 번역본을 주로 이용하였고 Robert Fagles(Penguin 1977)에서 두 번째로 큰 도움을 받았다. 또한 정평 있는 Richmond Lattimore(The University .of Chicago Press 1953)도 참고를 하였다.

마지막으로 이런 좋은 기획을 하신 고전르네상스학회와 도서출판 동인의 이성모 사장님, 그리고 송순희 씨께도 깊이 고개 숙여 감사를 드리고 싶다. 교정을 봐 준 나의 딸이나 다름없는 옛 제자들, 미란, 지희, 한영에게, 그리고 우리 딸 애린이에게 변함 없는 나의 사랑을 보낸다.

2004년 2월

이 봉 희

싣는 순서

작가 소개

■ 아이스킬로스의 탄생과 삶

그리스의 비극작가인 아이스킬로스(Aeschylus, BC 525~455)는 기원전 6세기에 에우포리온의 아들로 아테네 북서쪽 엘레우시스에서 태어났다고 전해진다. 그는 소포클레스(Sophocles), 에우리피데스(Euripides)와 더불어 그리스 3대 비극작가로 '비극의 아버지'라 불리기도 한다.

아이스킬로스는 참주정치에서 아테네의 민주주의가 확립되어가던 과도기에 성장하면서 아테네의 자유주의자와 보수주의자 간의 정치적 갈등을 목격하였다. 민주주의적 이상과 독재정치 사이의 긴장관계는 후에 『아가멤논』 같은 그의 극 속에서 다시 살아나고 있다. 그가 30대 청년일 때 페르시아 전쟁이 일어났고, 그는 마라톤 평야에서의 전투와 살라미스 해전에 직접 참여했다. 기록에 의하면 형이 있었는데 그도 마라톤 전투에서 전사하였다고 한다. 아이스킬로스는 아르테미시움, 살라미스 등의 전투에도 참가한 것으로 보인다. 마라톤 전투에서의 활약은 자신이 직접 쓴 묘비명에도 자랑스럽게 기록하고 있다: "이 묘비 아래 에우포리온의 아들인 아테네사람, 아이스킬로스가 잠들어 있으니 그는 겔라의 대지에서 숨을 거두었다.

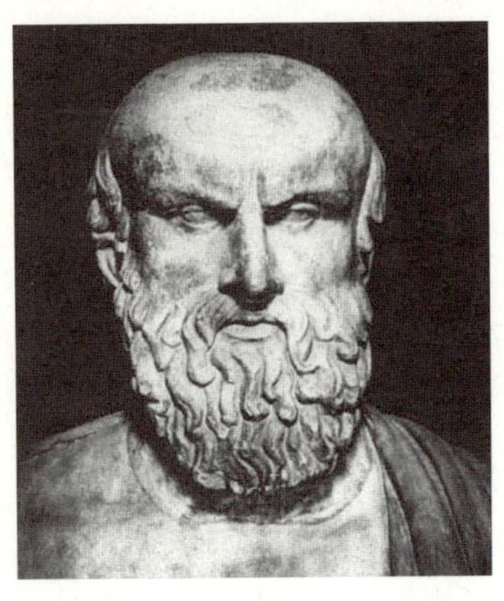

아이스킬로스

영예스러운 마라톤의 작은 숲들이 전투에서 그가 보여준 용맹함을 말할 수 있으리니, 장발족 페르시아인들도 그것을 기억하고 전해주리라." 아이스킬로스는 이처럼 극작가로서의 자신에 대한 언급보다는 페르시아인에 대한 아테네의 승리를 묘비에 남김으로써 이 전투가 국민들에게 자신감과 힘의 회복이라는 중요한 의미를 갖고 있음을 보여주고 있다. 아테네 사람들도 이런 작가의 애국심에 보답하였다. 그들은 아이스킬로스를 자신들의 황금시대를 대표하는 중요 인물의 하나로 존경하였다.

■ 비극작가 아이스킬로스

아이스킬로스는 기원전 500년 즈음부터 아테네에서 열리는 디오니소스 축제인 대(大)디오니소스제의 연극경연대회를 위해 비극을 쓰기 시작했다고 전해진다. 대디오니소스제는 매년 봄에 열려 5~6일간 계속되었다. 이 대회는 수십 년 간 그리스의 재능 있는 극작가들이 모여 경쟁하는 중요한 축제였다. 출품된 극은 하나의 주제로 연결되거나 혹은 서로 관련이 없으나 세 개의 숭고한 비극으로 이루어진 '삼부작'과 사티로스극인 희극을 묶어서 공연되었다. 사티로스극은 잡신이나 동물의 형태를 한 의상을 입고 농담과 음담패설 등을 주고받는 극을 말한다. 세 개의 비극과 사티로스극이 다 같이 동일한 신화나 상호관계가 있는 인물이나 내용을 다루면 그 모두를 4부작이라 불렀다. 아이스킬로스의 『오레스테스 삼부작』(Oresteia)인 『아가멤논』, 『제주를 바치는 여인들』, 『에우메니데스(자비로운 여신들)』의 세 비극과 이제는 전해지지 않는 사티로스 극인 『프로테우스』는 모두 아트레우스가(家)의 저주와 반목을 그린 작품이기 때문에 4부작으로 불리었다. 출품작들은 엄격한 미학적 기준에 의해 심사되기도 했지만 동시에 일반 관중의 호응도 심사에 중요한 몫을 하였다. 아이스킬로스는 이 경연대회에서 기원전 484년에 첫 번째 우승을 하였다고 전해지지만 그 우승작의 제목은 알려져 있지 않다.

아이스킬로스는 평생에 90여 편 이상의 극을 썼으나 오늘날까지 전해지는 작품은 오직 일곱 편뿐이다. 그 일곱 편은 위에 언급한 『페르시아 사람들』(Persians), 『테베에 맞선 7인』(Seven Against Thebes), 『탄원자들』(Suppliants), 『오레스테스 삼부작(오레스테이아)』인 『아가멤논』(Agamemnon), 『제주를 바치는 여인들』(The Libation Bearers), 『에우메니데스』(The Eumenides) 외에 『결박당한 프로메테우스』(Prometheus Bound)가 있다. 현존하는 극 중 가장 오래된 것은 기원전 472년 발표된 『페르시아인들』이다. 이 극은 살라미스 전투를 다루고 있는 역사비극으로 페르시아 크세르크세스 I세의 모친의 궁정을 배경으로 하고 있는데 480년경 그리스를 다시 침공해왔던 페르시아인들과 살라미스 해전에 참가했던 작가의 생생한 경험이 그 바탕을 이루고 있다. 그는 이 작품으로 경연대회에서 다시 우승을 하게 된다. 그는 생전에 연극경연대회에서 13번이나 최우수상을 수상했으며, 그의 사후에도 그의 비극들은 종종 재공연되면서 많은 다른 작품들과 겨루었다. 그러나 늘 승리만 한 것은 아니었다. 기원전 468년에 젊은 소포클레스로 인해 좌절을 경험하기도 하지만 467년에 『오이디푸스 삼부작』으로 다시금 승리를 거두게 된다. 이 삼부작 중 오늘날 남아 있는 것은 제 3부인 『테바이를 공격하는 일곱 장군』뿐이다. 458년 그는 『아가멤논』, 『제주를 바치는 여인들』, 『자비로운 여신들』로 이루어진 『오레스테스 삼부작』을 내놓았다. 이 삼부작은 아이스킬로스의 최대 걸작일 뿐 아니라 유일하게 남아있는 삼부작이다. 이 삼부작 이후 작가는 두 번째로 시실리를 방문한다. 그리고 그곳 겔라에서 기원전 455(혹은 456) 생을 마감하였다.

아이스킬로스는 고대극의 형태에 근본적이고도 중요한 변화를 가져왔다. 그는 한 명의 배우와 코러스만으로 이루어진 당시 그리스 비극에 두 번째 배우를 도입하였다. 아이스킬로스 이전의 극은 한 명의 배우와 코러스간에 이루어지는 낭송과 같았다. 그러나 두 번째 배우의 도입으로 보다 융통성 있고 변화 있는 극적 행위와 인물과 인물간의 대사가 가능한 형태로 발전하게 된다. 그는 또한 보다 더 정교한 의상, 무대장치, 배경 등을 사용하여 극의 효과를 확대하였다. 웅장함, 심오함, 언어와 주제의 고상함, 이런 것들이 "비극의 아버지"라 불리는 작가의 거대한 스타일의 특징이다.

아이스킬로스의 『오레스테이아』는 현대 극작가들에게서 새롭게 되살아나고 있다. 19세기 미국 극작가 유진 오닐(Eugene O'Neill)의 『상복이 어울리는 엘렉트라』(*Mourning Becomes Electra*)는 미국판 『오레스테이아』이다. 프랑스 실존주의 철학자이며 작가인 사르트르(Sartre)는 오레스테스의 뒤를 쫓는 복수의 여신을 파리 떼로 묘사한 극, 『파리 떼』(*Les Mouches*)에서 오레스테스를 실존주의적 주인공으로 그리고 있으며 20세기 문학의 거장 T. S. 엘리엇(Eliot)의 『가족의 재회』(*Family Reunion*)는 『오레스테이아』의 상당부분이 상징적으로 변형되어 사용되고 있다.

작품 배경

■ 연극의 기원과 그리스 초기 비극

그리스 비극의 기원에 대한 자세한 상황은 기원전 4세기까지도 확실한 자료가 없는 수수께끼였다. 그리스 연극은 노래와 춤이 함께 어우러지는 종교적 의식행위에서 그 뿌리를 찾는 것이 가장 유력한 추측이다. 기원전 6세기가 되면 아테네 국민들은 지방에서 지내던 디오니소스제를 도시적인 축제로 바꾸어 경연을 위한 춤추는 코러스를 탄생시킨다. 어떤 익명의 시인이 코러스로 하여금 가면 쓴 배우와 상호작용 하도록 할 것을 생각해냈다. 후에 아이스킬로스는 두 명의 가면을 쓴 배우를 써서 극 예술을 바꿔 놓았는데, 두 사람은 극중에서 서로 다른 역할을 하며 오늘날 우리가 알고 있는 그리스 연극을 가능하게 만들었다. 두 명의 배우와 하나의 코러스를 가진 복잡한 구성과 갈등이 이제는 무대 위에 올려질 수 있었다. 그리고 축제에서 경쟁하는 시인들은 더 이상 정교한 송가를 쓰는 것이 아니라 진정한 희곡을 쓰게 되었다. 당시 극작가들은 단순한 작가 이상이었다. 그들은 음악도 작곡하고, 춤도 안무하고, 배우들도 감독하였다. 아테네는 이 예술 형태가 서서히 발전된 그리스의 유일한 도시국가였다. 그 시대로부터 우리에게 전해진 희극, 비극, 연극들은 비록 일반적으로는 "그리스의"라는 꼬

리표를 달고 있긴 하지만, 사실 모두 아테네의 작품들이다.

페르시아에 승리한 이후 아테네는 독립적인 그리스의 도시국가들 중 초강대국으로 부상하였고 이때 연극축제 또는 디오니소스의 축제는 굉장한 구경거리가 되었다. 디오니소스의 축제는 4~5일간 계속되었고 도시에서는 그 축제를 대단한 것으로 여겼다. 죄수들은 보석으로 석방되었고 대부분의 공적인 업무는 정지되었다. 대략 만 명의 남성 자유 시민권자들은 그들의 노예와 식솔들을 데리고 17,000명의 관중을 수용할 수 있는 거대한 야외 극장에서 연극을 관람했다. 3일간 매일 아테네 사람들은 코미디 작가에 의해 쓰여진 한 편의 코미디뿐 아니라 미리 뽑힌 비극작가들 중 한 사람에 의해 쓰여진 세 편의 비극과 한 편의 반인반수의 숲의 신을 소재로 한 연극(신화를 주제로 한 가벼운 코미디)을 볼 수 있었다. 비극 3부작은 반드시 같은 이야기를 다룬 오랜 시간에 걸친 연극이 아니어도 되었다. 기원전 458년에 만들어진『오레스테이아』는 우리에게는 유일하게 현존하는 완전한 3부작이다. 비록 오이디푸스의 신화를 다룬 소포클레스의 세 연극들이 종종 "오이디푸스 3부작"이라고 불리긴 하지만, 소포클레스는 결코 그 작품들을 같이 상연하지 않았다. 사실, 그 연극들은 수십 년 간에 걸쳐 하나씩 쓰여진 것이다. 그 축제의 마지막에는 비극작가들이 디오니소스제의 심사위원들에 의해 1등, 2등, 3등의 상을 받았다.

현대 독자들에게 코러스는 연극의 가장 이질적인 요소일지도 모른다. 그리스 연극은 우리가 자연주의적이라고 생각하는 것으로 의도되지 않았다. 그것은 고도로 양식화된 예술 형태였다. 배우들은 가면을 쓰고 공연은 노래와 춤이 어우러졌다. 코러스는 많은 설명을 전달하고 주제에 대해서 시적(詩的)으로 해설해 주지만 그것은 여전히 일단의 인물군을 나타내는 것이었다. 『에우메니데스』의 경우, 코러스는 모친살해의 범죄 때문에 오레스테스를 추적하는 괴물여신들인 분노의 여신들(에우메니데스 혹은 에리니에스)로 구성된다. 일반적으로 『오레스테이아』의 코러스들은 다른 두 명의 그리스 비극작가인 소포클레스와 에우리피데스의 작품에서보다 사건 전개에 있어서 더 중요한 위치를 차지하고 있다. 아이스킬로스는 코러스가 완전한 역할을 하는 전통에 더욱 가까웠던 것이다. 『에우메니데스』의 분노의 여신들은 3부작 중 다른 두 편의 코러스들보다 훨씬 더 필요 불가결하며 어떤 시점 이후에는 연극이 그들의 이야기가 되어 버린다. 이 연극의 위대한 승리는 분노의 여신들을 아테네의 판테온으로 성공적으로 통합시킨 점이라 할 수 있다.

그리스 연극의 표준에 모순되지 않으면서도 『에우메니데스』는 막이나 별개의 장으로 나누어지지 않는다. 연극 중간에 장면 전환이 있는데 그것은 거의 시간이 들지 않는 최소한의 무대 장치의 이동으로 이루어질 수 있다. 어떤 부분들에서는 무대 밖에서 일어난 일들에 대한 풍문들을 통해, 비록 관객들에게는 단 몇 초가 흘러갔을 뿐이지만 엄청난 시간이 흐른 것으로 의도된 것이 분명하다. 일반적으로, 아리스토텔레스가 주석을 달았듯이, 대부분의 그리스 비극들은 24시간으로 제한해서 공연을 하도록 한다.

우리가 알고 있는 가장 초기 비극 이전에 있었다는 전설적인 인물인 테스피스(Thespis)의 시기부터 모종의 극적인 공연이 아테네에서 정기적으로 상연되어 왔다. 기원에 있어서 그 공연들은 그리스 도시 전체에서 활발했던, 합창용 서정시의 특별한 지역적인 발전이었음이 분명하다. 그 합창용 서정시들은 신성하고 특별하며 지역적인 동시에 대중적인 특징이 있었다. 하지만 극적 서정시가 서정시적 드라마로 변형되어가던 초기 단계는 우리에게 잘 알려져 있지 않다. 우리는 분명한 특징만을 알 수 있다. 그것은, 초기 드라마는 합창곡이었고, 아테네 비극을 살펴보면 배우들이 코러스를 없애려고 꾸준히 시도했음에도 불구하고 코러스가 필수 불가결한 요소였다는 사실이다. 배우들의 이러한 시도는 5세기 말까지 계속되었는데, 이때는 에우리피데스가 코러스를 없애고 싶어했지만 없애지 못해서 마치 관습이나 되는 양 때때로 피상적으로 사용하던 시기였다. 초기 드라마는 신성 숭배, 특히 디오니소스의 숭배와 관련이 있어서 신성시되었다. 형식적인 면에서 볼 때, 초기 드라마는 디오니소스와 그 사제들에게 바쳐지는 의미로 상연되었다. 하지만 발전된 비극은 디오니소스에 대한 것일 필요도 없어졌고, 사실상 그런 것도 거의 없었다. 대부분의 합창용 서정시처럼 그것은 공식적인 경연을 통해서 보여졌다. 초기의 비극 시인들은 이야기 재료나 운율형태 때문에 이미 풍부하게 발달되어 있던 비연극적인 시, 서사시 및 서정시에 의존하였다. 그들은 또한 분명히 구전되어 내려오던 사람들의 경험과 기억 및 종교의식이나 수난극, 추리극 등에도 의존하였다. 작가들에 관해서 말하자면 우리는 테스피스, 프라티나스, 코에리루스, 프리니쿠스 등에 대해서 아는 바가 거의 없다. 우리에게 있어서 비극은 아이스킬로스로부터 시작된다.

아이스킬로스의 생을 통해서 그리스 비극의 특징이 만들어졌다. 아테네의 대디오니소스축제에서 두 명(나중에는 소포클레스에 의해서 세 명)의 배우와 코러스로 각각 구성된 세 연극 팀이 경합을 벌였다. 그 이야기 재료는 고대 그리스 전설들에 바탕을 두고 있다. 비극은 장렬하고도 양식화되어 있었다. 의복은 형식적이며 물리적 행동은 자제되었고 폭력도 없었다. 아이스킬로스 자신과 그보다 연장자이자 동시대인이었던 프리니쿠스는 동시대의 역사에서 취한 극적인 이야기들을 가지고 실험을 해보았고 그 실험 작품들 중 크세르크세스와 그의 군대를 물리친 이야기를 다룬 『페르시아 사람들』이 아직까지 우리에게 전해져 내려온다. 이 극은 성공작이었지만 이 경우에 있어서 당시 역사적 주변환경이 특별한 드라마를 선호하고 있었던 것도 사실이다. 즉 페르시아의 격퇴가 그리스 역사상 가장 자랑스러운 업적이었기 때문이다. 그러나 심지어 이곳에서도 그 극은 그리스가 아닌 페르시아인들에 대한 것이었고, 무대환경도 페르시아였으며, 오직 페르시아 사람들만 이름을 가지고 있었다. 비극에 있어서 필수적인 느낌은 지금 이 자리에서 멀리 떨어져 있다는 것이었고 이것은 전설적인 이야기 소재를 씀으로 인해서 보장을 받을 수 있었다. 그 느낌이 이 극에서 배경을 그리스에서 멀리 떨어진 페르시아 한가운데에 놓음으로써 더욱 실감이 났던 것이다. 그래서 관객에게 그 장면은 헥터의 트로이나 오이디푸스의 테베처럼 전설적으로 보여질 수 있었다. 테미스토클레스와 페리클레스 혹은 아테네와 아이기나 사이의 전쟁을 직접적으로 다룬 드라마는 시인들이 쓰고자 시도하지도 않았고 관객들도 원하지 않았다.

아이스킬로스와 다른 비극 시인들이 의존했던 전설의 내용은 호우머와 그의 후계자들의 서정시로 이루어져 있었고 부정확하고 비형식적이지만 그리스인들이 이미 알고 있는 매우 포괄적인 역사를 구성하고 있었다. 호우머의 『일리아드』와 『오디세이』가 이런 복잡함의 전형적인 출처이다. 트로이 전쟁의 이야기와 그 여파를 자세하게 다루었던 다른 서사시들, 테베의 이야기를 다룬 서사시들, 글이나 구두로 전해져 내려오던 다른 많은 이야기들이 그 예라고 할 수 있다. 작가들이 『일리아드』와 『오디세이』의 줄거리를 직접적으로 이용한 것은 아니었다. 덜 알려진 내용이 더욱 인기가 많았으나 작가들이 이야기 소재를 직접 개발

해야 한다고 느꼈던 것은 아닌 것처럼 보인다. 하지만 그들은 다양한 이야기 중에서 하나를 선택해서 그 내용을 확대하고 심화시켰으며 인물을 해석하고 자신의 상상을 토대로 해서 이야기의 틀을 잡아나갈 수 있었고 사실 그렇게 해야 했다. 아이스킬로스의 경우를 보면『아가멤논』,『제주를 바치는 여인들』,『자비의 여신들』의 세 비극으로 구성된『오레스테스 삼부작』에 이런 과정이 가장 잘 나타나 있다.

■ 『에우메니데스』의 배경

『에우메니데스』(자비로운 여신들)는 아이스킬로스의 오레스테스 이야기를 다룬 삼부작『오레스테이아』의 제 3부에 해당하는 극이다. 흔히 사람들은 아테네 국가가 세계적으로 가장 아름다운 두 개의 걸작품을 남겼는데 그 중에 하나가 파르테논 신전이며 또 다른 하나는 바로『오레스테이아』라고 말한다. 아이스킬로스는 서양 연극의 아버지였으며 이 삼부작은 그의 사상을 보여주는 대표작이라 할 수 있다. 7개의 현존하는 작품 중 다른 4개의 작품은 다른 삼부작들 중에서 유일하게 홀로 남아있는 극들이므로 남아 있지 않은 다른 두 작품들과 연관지어 삼부작의 하나로 논의할 수가 없는 형편이다. 그러나 삼부작『오레스테이아』는 고스란히 우리에게 남아 있어서 그 속에서 아이스킬로스의 총체적이고 독특하고 아름다운 세계관과 사상을 만날 수 있다.

오레스테스의 이야기는 아이스킬로스의 삼부작 외에 호오머의『오디세이』에도 일부 나타난다. 제우스가 오레스테스의 정당함을 인정해주고 있으며(1권) 네스터가 오디세우스의 아들 텔레마쿠스에게 들려주는 이야기(3권), 그리고 메넬라우스가 아가멤논의 죽음에 대한 소식을 언급하며(4권), 아가멤논의 유령이 나타나 오디세우스에게 자신에게 있었던 일을 이야기하고 있다(11권).

　오레스테스 이야기는 또한 서정시인 핀다로스에도 나타나는데 핀다로스는 호우머에는 나타나지 않는 이피게니아의 이야기를 포함하고 있으며 아이스킬로스와 같은 줄거리를 하고 있다. 이피게니아에 대한 부분은 클리타임네스트라의 살인행위를 다소 정당화시켜 주는 요소로 작용할 수 있다. 여기에서 그녀는 정부 아이기스토스와 함께 계략을 꾸미며 남편 아가멤논을 살해한 부정한 아내라기보다는 남편의 손에 의해 제물로 희생된 자신들의 딸 이피게니아의 복수를 하는 어머니로 나타나기 때문이다.

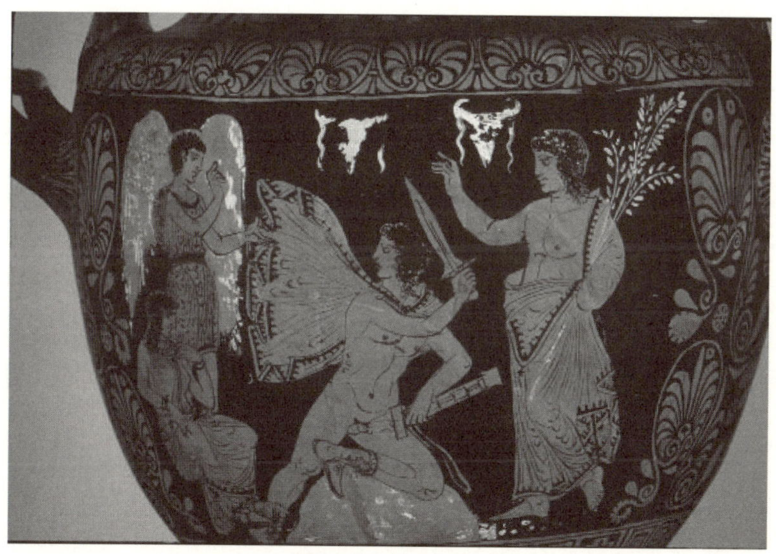

델포이 신전의 오레스테스

위의 원전들은 살인행위는 반드시 정화되어야 함을 확실히 해주고 있다. 오레스테스가 델포이에 도착하기 전 그는 어느 집에서도 대접을 받을 수 없었으며 특별히 만들어진 작은 집에 거해야 했다. 다른 집을 그의 죄악으로 오염시키면 안 되기 때문이다. 죄를 깨끗이 씻는 이러한 정죄(淨罪)의 과정 자체가 『자비로운 여신들』 속에도 그려지고 있다. 오레스테스는 아테나 여신에게 자신이 이미 맑은 물로 죄(피)를 씻었으며 아폴론의 사제에 의해 희생제물의 피로 정죄를 받았기 때문에 여신의 신전을 오염시키지 않고 있음을 주장한다.

호우머가 아가멤논과 오레스테스의 이야기를 연속적으로 쓰지 않은 점은 주목해야 한다. 그는 이야기를 말하지 않고 예나 묘사에 주로 의지했다. 트로이 전쟁이 끝나고 귀향하는 영웅이야기 중 아가멤논의 귀향은 오디세우스의 귀향과 비교되는데 상황은 비슷하지만 인물의 성격이 다르고 같은 환경에서도 서로 다른 결과를 가져오게 된다. 오디세우스의 집에 있던 잔인한 구혼자들은 아가멤논의 집에 있던 아이기스투스와 비교된다. 하지만 오디세우스의 아내 페넬로페는 클리타임네스트라처럼 그 적과 손을 잡거나 한 무리가 되지는 않는다. 그럼에도 불구하고 오디세우스가 귀향했을 때 그는 아가멤논의 유령으로부터 경고를 받고 비슷한 음모에 걸려들지 않기 위해 신중하게 행동한다. 오디세우스의 아들 텔레마쿠스에 관해 말하자면 오레스테스의 단호한 행동들이 그의 우유부단함에 대한 하나의 반대되는 예로 보여진다. 이런 동격 관계를 가지고 있는 이야기의 부분들이 전개되면서 이야기의 경향도 점차로 변하게 된다.

호우머의 아가멤논 이야기는 한 가족사에 얽힌 가정의 비극이지만 그 집이 왕의 집이기 때문에 그 비극은 국가적인 비극이 된다. 한 왕의 배신과 그의 조국으로부터의 소외로부터 시작되어 결국에는 적법한 후계자가 그 왕국을 다시 되찾는 것으로 끝이 난다. 그러므로 아가멤논의 죽음은 비극적으로 그려지지만 아이기스투스와 클리타임네스트라의 죽음은 정말 하찮은 것으로 여겨진다. 호우머의 경우 어떤 비극적 갈등이나 요소도 오레스테스와 연관되지 않았으며 그의 모친 살인행위는 칭찬을 받아 마땅한 것으로 보인다. 바로 이런 접근법 때문에 호우머는 아테네의 비극에 현저하게 보여졌던 특징적 관점들을 언급하는데 실패한다. 아가멤논과 클리타임네스트라의 딸 이피게니아의 억울한 희생은 클리타임네스트라의 잔인한 배신 행위에 정당한 동기를 제시하고 있지만 그녀의 이야기는 호우머에서 언급되지 않는다. 또한 아이기스투스의 아가멤논 살해가 일종의 복수행위로서 변호될 수 있는데도 불구하고 호우머는 아트레우스가 티에스테스와 그 아들들에게 한 잘못에 대해서도 들려주지 않는다. 호우머의 이야기 그 어디에서도 우리는 오레스테스가 그의 어머니를 살해한 것으로 인해 복수의 여신들에게 추격을 받는 장면을 찾아볼 수가 없다. 이 여신들이 현실에 존재했던 정령이었건, 오레스테스가 자신의 무의식 혹은 기억 속에서 뉘우치는 양심의 가책이었건 간에 말이다. 그렇다고 호우머가 오레스테스가 클리타임네스트라를 살해한 것을 몰랐다고 보기는 어렵다. 메넬라우스가 여행하면서 여전히 그녀의 죽음을 언급하는 장면에 오레스테스의 모친 살해에 대한 분명한 언급이 있기 때문이다.

　반면 아이스킬로스는 전체적인 이야기를 말해준다. 『아가멤논』은 트로이의 몰락 소식으로부터 시작해서, 아가멤논의 살해와 그의 살해자들이 아르고스의 폭군이라는 것을 확인하는 것까지 보여준다. 『제주를 바치는 여인들』은 오레스테스의 귀향으로 시작해서 그가 클리타임네스트라와 아이기스투스를 죽인 후 복수의 여신들에게 쫓겨 아르고스를 떠나 도망치는 것으로 끝이 난다. 『에우메니데스』는 오레스테스가 델포이 신전에 도착하여 도움을 청하는 것에서 시작해서, 사면을 받기 위해 아테네에 내려가는 모습, 여신의 중재와 재판, 그리고 복수의 여신들이 복수가 아닌 자비의 여신으로 바뀌며 새로운 휴식처가 된 아테네에 그녀들을 위한 신전을 세우는 것으로 끝이 난다.

■ 아트레우스가의 전설

아이스킬로스가 이용한 아트레우스가의 비극적 전설의 내용은 다음과 같다.

펠롭스의 아들인 티에스테스는 그의 형제 아트레우스의 아내를 유혹하여 아르고스의 왕위를 빼앗으려다가 아트레우스와 싸우게 된다. 그 싸움에서 패하여 추방을 당하게 된 티에스테스는 그의 아이들과 함께 탄원하며 되돌아온다. 아트레우스는 화해를 가장하며 그와 그의 아들들을 만찬에 초대한다. 그리고 그곳에서 티에스테스의 아이들 중 한 명을 제외한 모두를 죽인 후 요리하여 티에스테스의 식탁에 내어 놓고 아무것도 모르는 티에스테스는 그들의 살코기를 먹는다. 그 후 티에스테스가 전후 상황을 알게 되자 그는 그 집안을 저주하고 유일하게 살아남은 아들인 아이기스투스와 함께 도망을 친다.

아트레우스의 아들인 아가멤논과 메넬라우스는 아르고스의 왕위를 계승하여 각각 클리타임네스트라와 헬렌과 결혼했는데 이 여자들은 스파르타 사람 틴다레우스의 딸이다. 클리타임네스트라와 아가멤논 사이에는 세 아이, 즉 이피게니아, 엘렉트라, 그리고 오레스테스가 있었다.

트로이의 파리스가 메넬리우스의 부인인 헬렌을 유혹하여 트로이로 도망가자 그 형제들은 그녀를 되찾아오기 위하여 원정대를 조직하였다. 아우리스에 모인 그리스 군대는 바람과 거친 날씨 때문에 발이 묶이게 되자 예언자인 칼카스는 이것이 아르테미스 여신이 화가 났기 때문이라고 말한다. 아가멤논은 여신을 달래기 위하여 자신의 딸인 이피게니아를 제물로 바치게 된다.

아가멤논과 그의 군대는 트로이로 항해하여 십 년 동안 싸운 후 그곳을 점령하고 도시를 파괴하였으며 사람들을 살육하거나 노예로 만든 후 고향으로 향한다. 바다에서 큰 폭풍이 그 함대를 공격했기 때문에 아가멤논이 탄 배만이 아르고스로 되돌아올 수 있고 그 나머지 배들은 모두 물에 가라앉거나 사라져 버린다. 아가멤논은 트로이의 공주이자 예언자인 카산드라를 데리고 돌아온다. 한편 아르고스에서는 티에스테스의 아들 아이기스투스가 돌아와서 클리타임네스트라의 정부가 되고, 그녀는 아들 오레스테스를 나라 밖으로 추방한다. 트로이의 함락을 알리는 불꽃 신호로 아가멤논 왕의 도착을 알게 된 클리타임제스트라는 아가멤논을 맞을 준비를 한다. 그녀는 아가멤논이 욕조에서 비무장 상태에 있을 때 그를 옷으로 덮어씌운 후 무참히 칼로 찔러 살해한다. 그리고 아가멤논이 데리고 온 카산드라도 함께 죽인다. 클리타임네스트라는 아르고스의 사람들에게 자신의 행위가 정당했음을 변호했으며 아르고스의 사람들은 아이기스투스와 그의 군대들에게 대항해서 싸울 수가 없다.

하지만 마침내 추방되었던 오레스테스가 아버지의 복수를 위해 돌아오게 되고, 어머니 클리타임네스트라에게 반감을 품고 있어도 대항하지 못하고 있던 그의 누나인 엘렉트라에게 아무도 몰래 환영을 받는다. 오레스테스는 여행객으로 분장하여 마치 자신의 죽음을 알리기 위해 온 것처럼 가장하고 궁에 접근하여 아이기스투스와 클리타임네스트라를 살해한다. 갖은 징조와 꿈을 통해서 이 살인은 미리 경고가 되었으며 오레스테스는 아폴론 신에 의해 그 살인을 하도록 고무되었고 어찌 보면 명령을 받은 것과 같은 입장이었다. 그럼에도 불구하고 오레스테스가 그 사체들을 들고 나와 자신의 행위를 변호하자 복수의 여신(에우메니데스)들이 그 앞에 나타나서 그를 쫓고, 그는 아르고스에서 추방된다. 오레스테스는 델포이로 피난하여 그 살인죄를 사함 받지만 복수의 여신들은 그 점을 인정하지 않는다. 여신들은 그를 계속 추격하여 결국 오레스테스는 아테나 여신상이 있는 아테네로 피난하게 된다.

마침내 아테나 여신의 신당에 도착한 오레스테스는 그곳에서 부친의 원수를 갚은 정당성을 아테나 여신 앞에 탄원한다. 한편 복수의 여신들도 모친살해범을 쫓는 자신들의 정당성을 그녀에게 주장한다. 이들의 탄원에 혼자 결정을 내리기가 너무 어렵다고 생각한 여신은 아테네 시민들로 법정의 배심원을 뽑고, 그들로 하여금 그 사건에 대한 판결을 내리도록 하였다. 투표 결과가 동점으로 나오자 아테나 여신은 오레스테스의 편을 들어 주었다. 아테나 여신과 그녀의 도시에 깊이 감사함을 느낀 오레스테스는 아르고스로 돌아가고 한편 아테나 여신은 화가 난 복수의 여신들에게 아테네의 수호신이라는 영예로운 자리를 줌으로써 그녀들을 달래고 오래된 아트레우스가의 복수의 악순환은 화해와 평화로 끝이 나게 된다. 그 사건에 대한 판결을 내렸던 아레오파고스 법정은 그 후로 살인사건을 판결하는 정의로운 민주 법정으로 보존된다.

에우메니데스

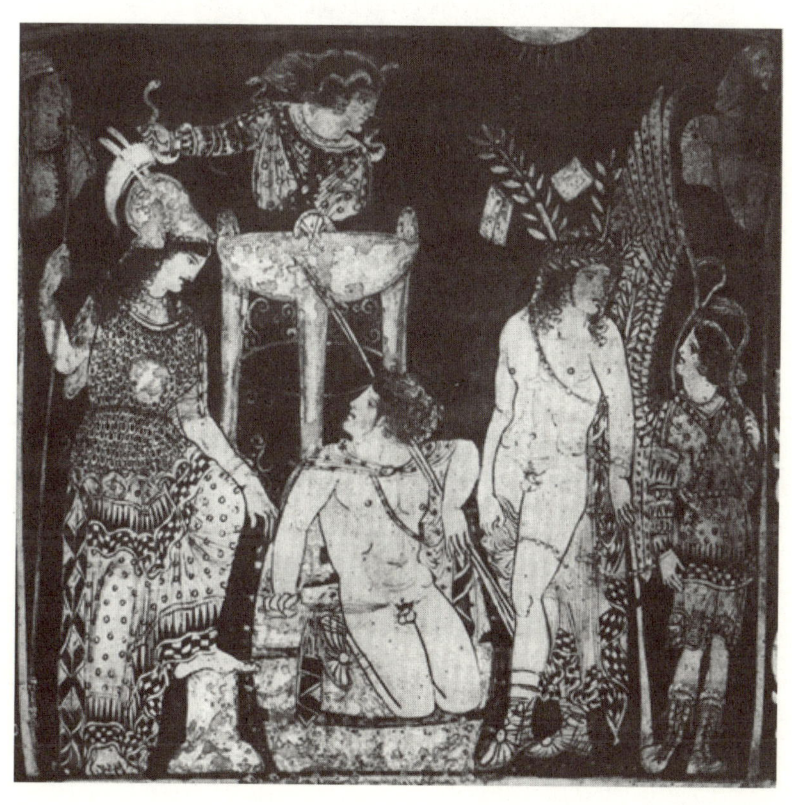

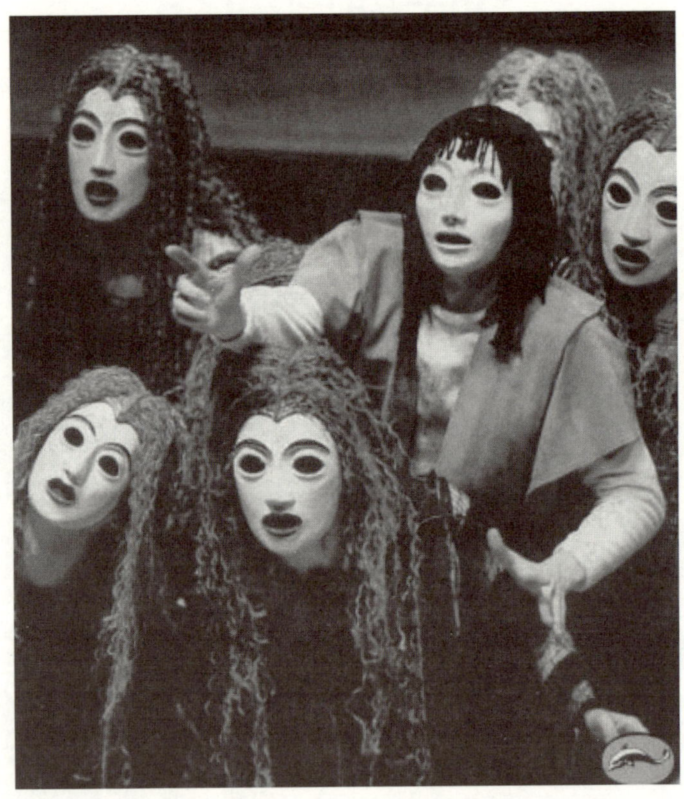

Peter Hall 연출의 1981 National Theatre(London)의 *Oresteia*.
에피다우러스에서 공연된 최초의 영어로 된 오레스테이다(출처: Phyllis Hartnoll의 *The Theatre: A Concise History*. New York: World of Art, 1985.)

에우메니데스

- **■ 등장인물**

  피티아　　　　　　　　　아폴론 신전의　여신관(女神官)

  아폴론 신　　　　　　　　제우스 신의 아들

  오레스테스　　　　　　　　아르고스의 왕 아가멤논과 클리타임네스트라의 아들

  클리타임네스트라의 망령　아들 오레스테스에게 살해된 아르고스의 여왕

  헤르메스 신(침묵하고 있음)　신들의 전령사

  아테나 여신　　　　　　　아테네의 수호여신

  코러스　　　　　　　　　　복수의 여신들(에리니에스)로 구성

  두 번째 코러스　　　　　　아테네 여인들

  12명의 배심원과 아테네 시민들

- **■ 장소**

  델포이에 있는 아폴로 신전 앞.

  다음 장면에서 장소는 아크로폴리스의 아테나 신전 앞, 그리고 아레스 언덕 위의 법정으로 바뀐다. 배경 막을 간단히 변화시킴으로 장소를 변경할 수 있다.

장면 1

아침. 복수의 여신들이 도망하는 오레스테스를 쫓아
델포이의 아폴론 신전까지 따라왔다.
여신관 피티아가 오른쪽 무대에서 등장, 신전 문쪽으로 온다.[1]

피티아

여러 신 중에 제일 먼저

최초의 예언자이신 대지의 여신,

가이아께 기도를 올립니다.[2]

---

1) 피티아는 무대 우측날개에서 등장하여 이 프롤로그를 말하면서 신전으로 들어간다. 그리고 그 신전에서 영적 무아경 속에서 신탁을 받아 신의 계시를 받고자 찾아온 사람들에게 예언을 해 준다.

아폴론은 델포이에서 죽인 거대한 뱀, 피톤(Python)의 이름을 따서 피티안(Pythian)이라고도 불리는데 피티아는 아폴론이 죽인 왕뱀 피톤의 아내다. 제우스는 지아비를 잃고 슬퍼하는 피티아를 불쌍히 여겨 인간으로 변신시킨 후 델포이에 있는 아폴론의 신전을 지키게 했다고 한다.

델포이라는 말은 '자궁'이란 뜻이다. 피티아에게는 델피네라는 별명이 있다. 델피네는 델포이의 여성형이다. 피티아는 땅속에서 나오는 증기를 마시고 무아지경에 빠진 채 아폴론의 신탁을 사람들에게 알려주었다고 하는데 땅속은 대지의 자궁, 곧 델포이라는 의미와 다시 연결된다.

델포이의 이전 주재자들에 대한 언급은 그녀의 기도에 자연스레 들어가는 언급일 뿐 아니라 신탁을 전하기 전에 행해지는 의식의 일부이기도 하다. 아이스킬로스는 피티아의 기도를 통해 이 신전의 역사를 설명하면서 어떻게 초기 대지의 여신에서 시작되는 여신들로부터 남신 아폴론이 이 신전의 주재자 자리를 물려받았는지 보여주고 있는데 이는 곧 어둡고 원시적인 힘을 지배하는 올림퍼스 신들의 지배력을 말해주는 것이다.(피터 메이네크) 그러나 이 극의 끝에서 분노의 여신들(자비의 여신들)은 '대지'와 '하늘'의 새로운 결합을 예견해준다. 결국 작가는 빛이 어둠을, 가부장의 권위가 모권을, 올림포스 신들이 티탄을 지배하는 잔인한 정복은 더 이상 없음을 말하는 것이다. (페이글즈)

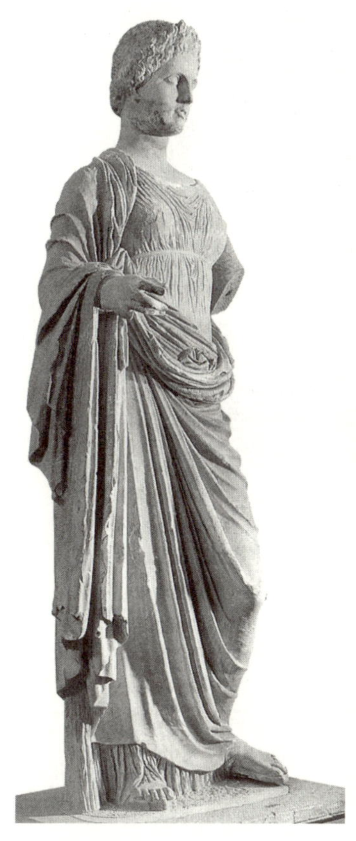

테미스 여신

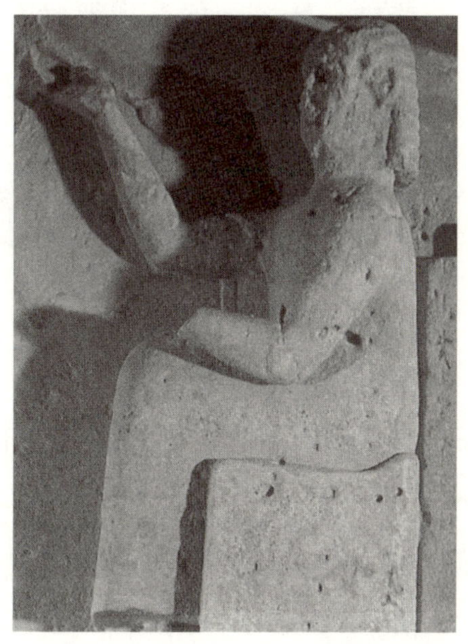

대지의 여신 가이아

다음은 어머니 대지의 여신의 예언자의 자리를
물려받으신 테미스신께 기도합니다.[3]

2) 카오스(혼돈)에서 코스모스(질서) 있는 우주가 생겨날 때 가슴이 넓은 대지는 스스로
   생명을 얻어 여신이 되었는데 이 여신이 바로 가이아(Gaea/Earth)이다. 이 말은 지금도
   지구를 뜻하는 말로 쓰인다.

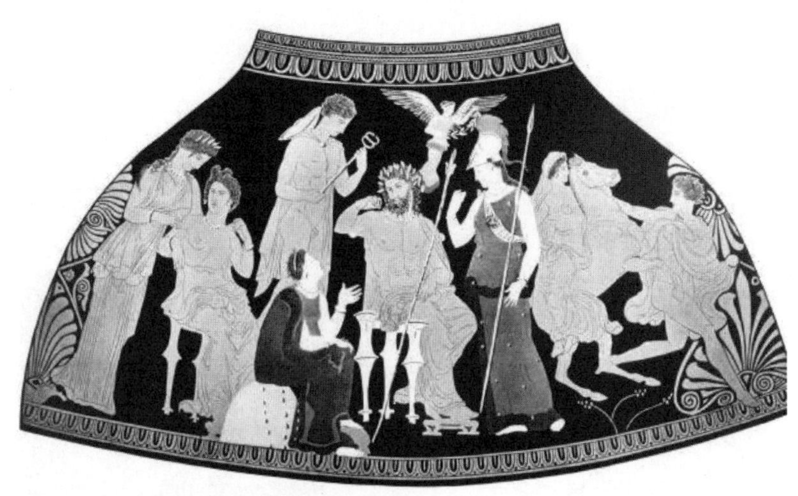

헤르메스와 함께 있는 제우스와 테미스

세 번째로 경배드릴 분은

대지의 여신의 또 다른 자녀, 티탄이신 포이베입니다.[4]

---

3) 대지의 여신 가이아와 하늘의 신 우라노스(Uranus)가 낳은 여섯 자녀는 테이아, 레아, 므네모쉬네(Mnemosyne), 포이베, 테티스 그리고 테미스이다.

　　여섯째 딸 테미스(Themis)는 이치, 신성한 법의 여신. 모든 것의 이치를 따지고 재판하는 일을 하는 중요한 여신이다. 테미스 여신이 있기 전의 세상은 여전히 카오스(혼돈)의 덩어리였으나 이 여신이 땅에 내려온 뒤부터 모든 자연이 코스모스(질서)를 되찾게 되었다고 한다. 그녀와 티탄(거신) 이아페토스 사이에서 프로메테우스, 에피메테우스, 그리고 아틀라스가 태어난다. 프로메테우스('먼저 아는자'라는 뜻)는 진흙으로 최초의 인간을 만들고 그들에게 불을 가져다 준 신이다.

　　참고로 테이아에 대해 신화는 기록하고 있지 않고, 레아는 '동물의 안주인', 므네모쉬네는 '기억의 여신'이다. 므네모쉬네에게서 예술의 여신들인 무사이(Mousai) 아홉 자매가 태어난다. 영어식으로 뮤즈(Muse)라 부르며 박물관이라는 의미의 영어 뮤지엄(museum)은 바로 뮤즈의 신전 무사에움(musaeum)을 뜻한다.

4) 티탄(Titan)은 거신(巨神)을 뜻함. 영어식 발음은 '타이탄'으로 호화 여객선 타이타닉 호의 이름도 여기서 나온 말이다.

이 자리를 테미스 여신에게서 평화로이 물려받으신 분입니다.

그 후 포이베님은 아폴론에게

그분의 탄생 축하 선물로 이 성소를 바치셨고,

포이베의 이름을 따라

아직도 아폴론을 포이보스[5]라고 부르고 있습니다.

아폴론께선 델로스 지방의 호수와 산을 떠나

팔라스 해안을 거쳐 마침내

이 땅, 파르나소스의 신전으로 옮기셨습니다.[6]

포이베(Phoebe)는 앞의 주에서 설명했듯이 가이아와 우라노스의 넷째 딸로 달과 관련되기도 한다. 포이베는 '광명, 빛'의 의미뿐 아니라 '순수하다'는 의미가 함께 포함되어 '순수의 빛'을 뜻한다. 순수함, 정화의 의미가 포이베에 이어 아폴론에게로 연결되면서 장차 이 극에서 오레스테스의 죄가 정화될 것을 예시하고 있다.

5) 아이스킬로스는 여기에서 아폴론이 이 신전을 물려받은 새로운 신화를 사용하고 있다. 인간들은 처음에 양식의 근원인 '대지(Earth)'를 숭배하였다. 그러나 곧 대지뿐 아니라 '하늘(Sky)'도 양식에 영향을 줌을 알게 되었다. 인간들은 비, 바람, 폭풍 같은 날씨에 주목하였으나 바로 '달(Moon)'이 계절의 변화와 관련이 있음을 알게 되자 그들은 여신 포이베를 숭배하게 되었다. 그 후 인간들이 그들의 양식을 지배하는 힘이 태양임을 알게 되자 포이베(달)는 포이보스(태양)에게 자리를 물려주게 된다. 종교적 숭배의 대상이 땅에서 하늘로 이전되는 현상은 신들을 인간에게서 멀리 떼어놓게 되는 결과를 가져온다. 인간들은 신들을 인간의 세계에서 추방하였지만 그 대가로 신들과 인간들의 관계는 멀어지게 된 것이다. 그것이 아이스킬로스가 보여주는 델포이가 치른 대가이다.(페이글즈)

포이보스 아폴론이라는 이름의 유래에 대한 다른 이야기에 의하면 제우스는 원래 헬리오스와 셀레네가 각각 맡고 있던 태양신과 달의 여신의 자리를 아폴론과 딸 아르테미스에게 맡겼다. 이에 태양신 헬리오스의 별명인 포이보스(빛나는 자)를 포이보스 헬리오스가 물러난 후에도 아폴론이 계속 물려받아 '포이보스 아폴론(빛나는 아폴론)'으로 불리게 된다.

6) 아폴론은 델로스에서 태어나서 팔라스 아테나의 땅인 아티카를 거쳐 델포이로 왔다. 아폴론의 신전이 있는 델포이는 파르나소스 산기슭에 있다. 파르나소스 산은 올림포스 산과 함께 자주 그리스 신화에 등장하는 산으로 아프로디테의 신전도 그곳에 있다.

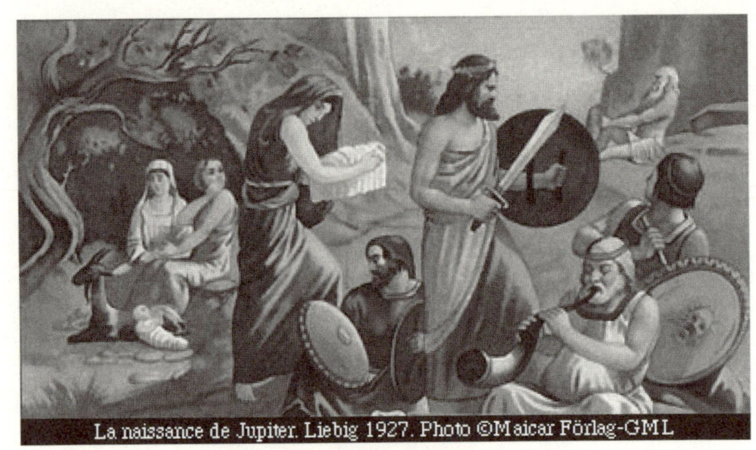

아폴론의 탄생

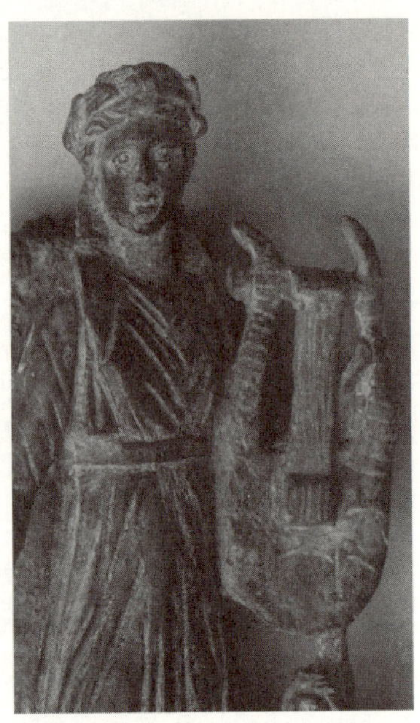

수금을 든 아폴론

그를 존중하는 헤파이스토스의 아들들이

아폴론을 이곳까지 인도하셨으니,

거친 황야를 변화시켜 고른 땅으로 바꾸고

길을 내어 주신 것입니다.7)

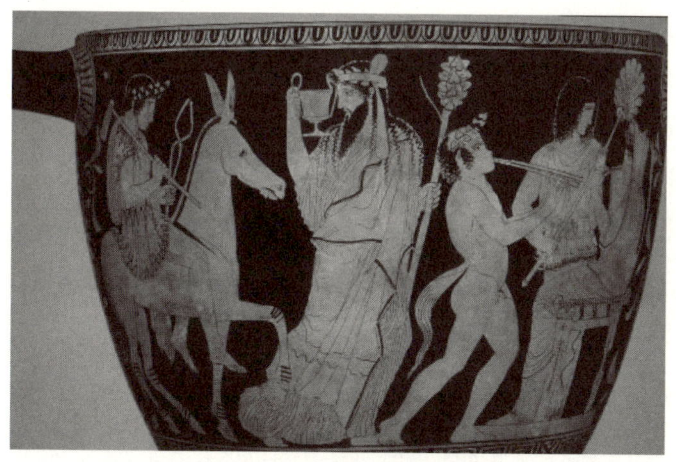

디오니소스와 귀향하는 헤파이스토스

7) 아테네 사람들이 헤파이스토스(Hephaestus: 대장장이의 신)의 자녀들이라 일컬어지는
이유는 그들의 시조 왕인 에리크토니오스(Erichtonius)가 헤파이스토스의 아들이기 때문
이다. 그들은 아폴론이 델포이로 오는 성스런 길을 닦아 놓았기 때문에 길을 건설하는
자라는 이름을 얻게 되었다.

아테네의 수호신인 아테나(Athena)는 사랑의 아픔을 느낄 줄 몰랐기에 평생 처녀로
남아 있게 된다. 언젠가 헤파이스토스가 그녀를 범하려 했으나 실패하고 그의 '씨'를
땅에 흘리게 된다. 거기에서 태어난 아기가 에리크토니오스로, 아테나의 보살핌 속에
자라서 아테네의 왕이 되었다.

절름발이 추남으로 알려진 헤파이스토스는 헤라가 혼자서 낳은 아들로 제우스에게
걷어차이게 되어 절름발이가 되었다. 손재간이 좋아서 만들지 못하는 물건이 없었으며
사실 제우스의 머리에서 아테나를 꺼내 탄생시킨 것도 헤파이스토스이다. 제우스는 후
에 천하에서 가장 아름다운 아프로디테를 그의 아내가 되게 한다.

이렇게 아폴론은 이 땅에 오시었으니

이곳의 지도자 델포스 왕도 그를 맞아 공경하였고

이 땅의 모든 이들이 그분께 경배를 드리고 있습니다.[8]

제우스 신께서는 아폴론에게 신격을 충만케 하시고

신탁의 능력을 부여하셔서

이 신전의 네 번째 예언의 신으로 이 자리에 앉히셨으니.

이렇게 하여 아폴론은

그의 부친 제우스 신의 대변자가 되셨습니다.[9]

이분들이 내가 제일 먼저 기도를 올릴 신들이십니다. 그러나

저 앞에 계신 아테나[10]도

---

8) 델포이(Delphi)라는 이 지방의 이름은 초기왕 델포스(Delphus)의 이름을 따서 지어진 것이다.

9) 이 극에서 아폴론이 제우스의 권한으로 일을 행함을 암시하고 있다. 제우는(Zeus)는 올림포스 산 주신(主神)들 중에서도 최고의 대신(大神).

　　올림포스의 주신은 모두 제우스의 형제, 남매와 6명의 제우스의 아들, 딸들로 된 12명이다. 제우스와 그 아내, 신성한 결혼의 수호여신인 헤라, 바다의 신 포세이돈, 저승의 신 하데스, 곡식의 신 데메테르, 헤라를 도와 인간의 가정과 부엌일을 돕는 헤스티아가 있고 나머지 여섯은 음악과 의술, 그리고 태양을 관장하는 아폴론, 달과 사냥의 여신 아르테미스, 제우스의 심부름꾼이자 상업의 신인 헤르메스, 만들지 못할 것이 없는 대장장이 신 헤파이스토스, 지혜와 정의로운 전쟁의 여신 아테나, 유혈의 전쟁의 신 아레스가 제우스의 자녀들이다.

　　그 외 사랑과 애욕의 여신 아프로디테만은 제우스의 자식이 아니다. 그래서 아프로디테가 12명의 으뜸 신에 빠지기도 하는데 아프로디테가 주신 중에 들면 헤스티아가 그 중에서 빠진다. 또한 포도주의 신, 디오니소스가 으뜸 신에 뽑힐 때도 가정과 부엌의 여신 헤스티아가 12명 중에서 빠진다. 술과 사랑, 애욕에 빠지면 가정과 부엌 살림이 안 보이게 된다는 뜻인지 모른다는 게 이윤기의 해석이다.(웅진닷컴 2000, p. 79)

10) 아테나 프로나이아(Athena Pronaia)의 신당은 카스탈리아 샘(Castalian Spring) 근처에 있으며 델포이 신전에 들어가기 전 사람들이 몸을 정결히 했다고 한다.

　　프로나이아란 '신전 앞' 또는 '신전의 수호자'라는 의미를 가지며 이 극에서 예지자

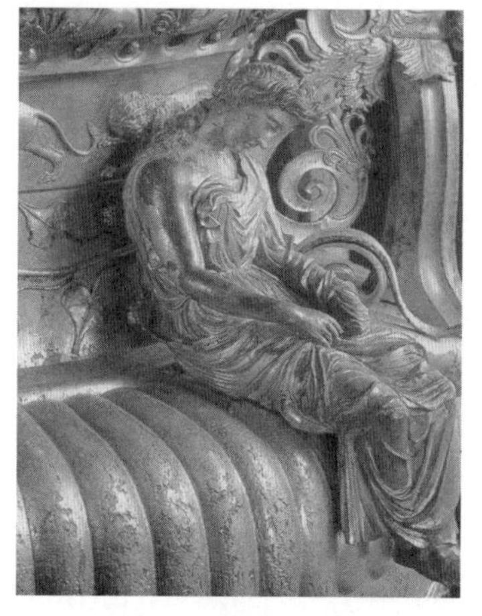

박카에

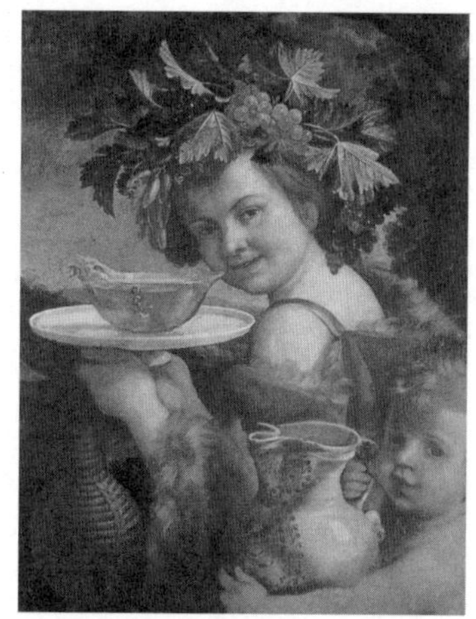

디오니소스

가장 먼저 예배 받기에 합당한 분입니다.
또한 새들이 깃들이며 신들이 휴식하는 곳,
코리키온[11) 바위의 동굴에 거주하는
님프들에게도 기도합니다.
이곳에 거하시는 디오니소스 신[12)을 제가 잊을 리 없습니다.

(선견지명자)라는 별명인 아테나 프로노이아(*Pronoia*)와 융합되어서 쓰이고 있다.(페이글즈 318)

　또한 델포이 아래쪽에는 아테나 팔라스의 신전인 파르테논 신전이 있다. 파르테논은 '처녀신의 신전'이라는 뜻이다. 아테나가 또 다른 이름, 팔라스 아테나로 불리는 이유는 지혜의 신 팔라스의 뒤를 이어 지혜의 여신이 되었기 때문이다. 주 7), 52), 53), 76) 참조

11) 파르나소스 산 정상에 있는 동굴로 숲의 신, 판(Pan)과 님프들의 성소.
12) 제우스 신과 인간인 세멜레의 아들. 술과 환락, 연극의 신. 디오니소스는 아폴론이 북방 정토(淨土)민들(hyperboreans)과 지내는 겨울 세 달 동안 델포이 신전을 주관한다.
　제우스의 사랑을 받던 세멜레는 질투한 헤라의 계략에 의해 제우스의 빛에 타 죽

지난날 자신의 추종자들을 이끌고

펜테우스의 운명을 사냥감이 된 토끼 신세로 엮으셨지요.13)

아울러 플레이스토스의 샘14)과 포세이돈의 위엄을 기억합니다.15)

이제 마지막으로 가장 드높은 하늘의 왕,

모든 예언의 성취자이신 제우스 신께 기도합니다.

제가 이 신전에 들어갈 때에

과거 어느 때보다도 더 큰 예언의 능력을 허락하소서.

신들에 대한 기도를 마치고
관객을 향해

신탁을 듣고자 하는 그리스인이 여기 있다면,

관례대로 제비를 뽑아 순번을 정하여 들어오시오.

게 되고 제우스는 세멜레의 뱃속에 있던 태아를 자신의 허벅지에서 마저 키워 달을 채운 후 태어나게 했다. 제우스는 이 아기를 헤라에게서 안전히 지키기 위해 힌두스 땅의 뉘사 산 요정에게 키우도록 했다. 디오니소스란 '뉘사 산에서 자란 제우스'란 의미이다. 별명은 '박코스(싹)'이다.

13) 디오니소스(박코스)는 테바이 여인들을 자신의 숭배자(Bacchae/Bacchant)로 만들어 광적인 축제를 벌였다. 테바이의 젊은 왕 펜테우스가 자신을 무시하고 도전하자 광란의 추종자로 변한 펜테우스의 어머니와 이모들에게 무참히 죽임을 당하게 한다. 에우리피데스의 『박카이(*Bacchae*)』(B. C. 405)는 이 이야기를 다룬 극이다.

아이스킬로스는 펜테우스의 죽음을 독수리 떼의 사냥감이 된 "토끼처럼" 죽어 가는 이미지로 묘사함으로써 옛날 올림포스 신들이 얼마나 잔인했는지를 말하는 듯하다. 그뿐 아니라 『오레스테스 삼부작』 중 "아가멤논"에 그려진 전쟁의 파괴상, 그리고 "에우메니데스"에서 분노의 여신들에게 쫓기는 오레스테스에게 닥칠 수도 있는 처참한 죽음의 이미지를 암시하고 있다.(페이글즈)

14) 델포이를 흐르는 중심 강.

15) 바다의 신 포세이돈(Poseidon)은 처음에 델포이 아폴론 성전에 그 성소를 갖고 있었다고 한다. 포세이돈은 제우스의 동생으로, 막내 형제인 하데스(저승의 신)와 함께 올림포스의 3대 신이다.

나는 오직 신이 보여주시는 대로 예언하는 것임을 잊지 마시오.

무녀는 신전 안으로 들어간다.
그러나 곧바로 공포에 떨면서
허겁지겁 네발로 다시 기어 나온다.
무서워라, 아, 무서워!

말로 표현할 수도 없고, 눈으로도 볼 수 없는 공포가
날 아폴론의 신전에서 내모는구나!
공포로 다리가 얼어붙고 일어설 수도 없으니
네발로 기어 나올 수밖에.
노쇠한 여인에게 공포가 덮치면 허깨비 같은 존재 —
다만 무력한 어린애일 뿐이야.16)

내가 양모 화환이 장식된17) 신전으로 들어가 보니
한 사나이가 대지의 중심석18) 곁에 웅크리고 있었어.
신들 앞에 설 수 없는 몸으로,
죄로 더럽혀진 몸으로 탄원하면서.
손과 뽑아든 칼에서는 아직도 피가 떨어지고 있는데,
그 손으로 은빛 양모로 된 화환모양을 두른

---

16) 아이스킬로스 당시의 무녀(피티아)는 적어도 쉰 살이 넘은 노파였을 것이다. 그녀는
새로운 젊은 체제에 대한 필요성을 상징할 수도 있고 시인 자신의 기력이 떨어짐을
반영하고 있다고도 보여진다. 또한 네발로 어린애처럼 기어 나오는 시각적인 효과는
"아가멤논"에서 노인들이 강조하던 폭력과 공포 앞에 무기력함이라는 주제를 부각시
킨다.
17) 양모로 된 화환은 탄원자들이 신들에게 바치고 간 것이다.
18) 옴팔로스(Omphalos)를 말함. 델포이에 있는 옴팔로스 석괴(石塊)는 대지의 배꼽
(Navel-of-Earth)이라는 의미로 세계의 중심을 뜻한다.

커다란 올리브 나뭇가지를 붙잡고 있었어.[19]

그런데, 이 사나이 앞에 둘러서서 잠들어 있는

괴이한 여자들을 보았어.

아니, 여자라 하기엔 너무 끔직 해 —

괴물 고르곤[20]이라고 해야 할 거야....

아니, 그보다 더 흉측스러워.

바로 내가 그림에서 본 하르피들같애.

날개는 없었지만 꼭 피네우스 왕의 밥상에서 음식을 가로채 가는

그 역겨운 괴물들 같았어.[21]

입에선 악취가 나고 숨결조차 구역질이 나 뒷걸음질쳤지.

눈에서도 역한 내를 풍기는 고름이 뚝뚝 떨어졌어.

차마 눈뜨고 볼 수 없는 참담한 검은 누더기를 걸치고 있었지.[22]

---

19) 올리브 나뭇가지와 양모화환은 신들의 보호를 원하는 탄원자들이 가져오는 것이다. 오레스테스는 어머니를 살해한 직후 달려온 것으로 이렇게 피가 흐르는 손으로 아폴론의 신전에 들어오는 것은 신에 대한 모독행위이다. 그러나 아폴론의 오레스테스를 맞이하는 태도나 아테나 여신 앞에서 하는 오레스테스의 주장을 들어보면 그가 이미 속죄 제물로 자신의 죄를 씻는 행위를 하고 신전에 들어 온 것으로 봐야할 것이다. 따라서 오레스테스의 손에 묻은 피는 속죄제물인 돼지의 피로 생각해도 좋다. 그러나 작가는 오레스테스의 첫 등장시 그의 손에 묻은 피의 이미지를 부각시킴으로써 이 극에서 반복되는 중요한 이미지를 제시하고 있다.
20) 고르곤(Gorgons)은 머리카락이 뱀처럼 되어 있는 흉칙스런 괴물들.
21) 하르피(Harpy)들은 고르곤 만큼이나 흉한 모습의 괴물들. 여자의 얼굴을 한 새, 또는 새의 얼굴과 발톱을 한 날개 달린 여자의 모습으로 알려졌다. '제우스의 사냥개'라고 알려진 그들은 제우스의 저주로 눈이 먼 트라키아의 왕 피네우스 앞에 음식이 차려지면 그 음식을 낚아채 없애버리고 남은 음식도 고약한 냄새 때문에 먹을 수 없이 만들어 버렸다고 함.
22) 검정은 신성모독과 불길한 징조의 상징이다.

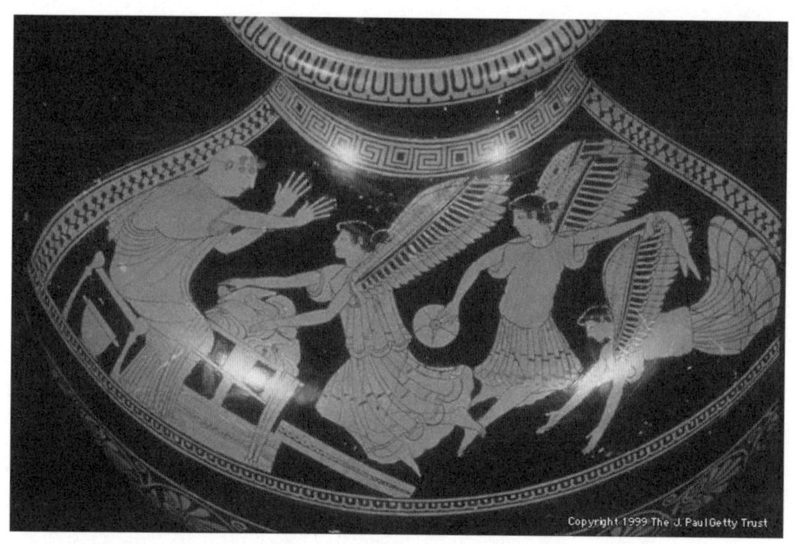

하르피의 공격을 받는 피네우스

인간들의 집에서도 모독적일 그런 옷을 펄럭이며
감히 신상들 앞에 서다니.
누가 이런 괴물들의 씨를 뿌린 조상이라 하겠으며,
끔찍한 역병에 시달리는 고통과 눈물의 대가를 치르지 않고서야
어느 땅이 그 씨를 거두어 키워냈다 할 수 있겠어.
이 무리들을 어떻게 처리할지는 아폴론께 달려 있어.
이 성소의 주인이시며,
치유자요, 예언자시며,
모든 가정을 깨끗이 하는 능력의 신이시니
자신의 성소도 정화하시겠지.

피티아가 무대 우측으로 퇴장

신전 문이 열리고 오레스테스와 아폴론이 등장한다.

잠들어 있는 복수의 여신들이 문 뒤로 보인다.[23]

아폴론

나는 절대 너를 저버리지 않을 것이며,

끝까지 곁에서 지켜줄 것이다.

내가 멀리 먼 곳에 떨어져 있을 때라도 나는 너의 편에 설 것이며,

너의 적들에게는 결코 자비를 베풀지 않을 것이다!

저것들, 저 더럽고 광포한 것들을 보라.

내가 저 역겨운 처녀들에게 덫을 놓아

잠에 빠뜨려 놓았지. 난 저것들을 보면 구역질이 나.

저 쭈글쭈글한 늙은 아이들을 봐라.[24] 신들에게도 반감을 드러내고

인간도, 짐승도 다 접촉해 보지 못한 영원한 처녀들.

저들은 지옥의 심연,[25] 죽음의 세계가 뱉어 낸 악마의 자손들이다.

지상의 인간들도 소름 끼치게 싫어하고,

올림포스산의 신들도 경멸하는 역겨운 존재들이야.

---

23) 이 장면의 등·퇴장에 대해서는 여러 견해가 있다. 아폴론과 오레스테스가 에퀴클레마를 타고 등장하며 에리니에스(복수의 여신들)는 아직 모습을 드러내지 않는다는 해석도 있다. 페이글즈는 성소의 문이 열리면 잠들어 있는 복수의 여신들에게 둘러싸여 중앙석 곁에서 기도하고 있는 오레스테스 위로 아폴론이 서서히 모습을 드러내고 전령사인 헤르메스가 뒤에서 기다리고 있도록 장면을 설정하고 있다. 에퀴클레마(ekkyklema)란 바퀴가 달린 끄는 장치로 무대 위의 시신(인형)을 처리하거나 하는 데 사용되었다.

24) 늙은 어린아이들(aged children)이라는 말은 전통적인 모순어법으로 고르곤들(Gorgons)을 지키는 세 자매 그라이아이(Graeae)를 연상시키고 있다.(제임스 호간)

25) 지옥의 심연이란 어둠의 세계로 대지의 가장 깊은 곳에 있는 '타르타로스(Tartarus: 무한 지옥)'를 말함. 올림포스 신들과 티탄들 사이의 전쟁인 '티타노마키아(Titanomachia)'에서 패배한 티탄들을 올림포스 신들이 가두어 놓은 곳이기도 하다.

그러니 달리고 또 달려라, 저자들로부터 도망쳐라, 굴복해선 안 돼.

저것들은 지구 끝까지 너를 쫓아갈 테니까.

쿵쾅쿵쾅 발자국 소리로 땅 위를 진동하며

대륙을 가로지르고,

바다를 건너서, 저 멀리 파도가 밀려오는 섬까지 따라갈 테니까.

하지만 절대 멈추지 말아라, 마음 약해져선 안 된다.

팔라스 아테나의 도시에 도착해서 여신에게 탄원할 때까지

끝까지 참고 견뎌야 해.

그곳에서 아테나의 발 앞에 엎드려라.

그녀의 성상을 두 팔로 붙잡고 매달리거라.[26]

그곳에서 너의 사건을 맡아줄 재판관들을 찾을 것이고,

우리의 말이 주문처럼 그들의 마음을 사로잡아,

마침내 모든 시련으로부터[27]

너를 자유롭게 해 줄 길을 찾을 것이다.

내가 너를 도울 것이다,

어머니를 죽이도록 너를 설득한 것이

바로 나였으니까.

---

26) 아테네 시(市)의 수호신으로 아크로폴리스의 에렉테움에 있는 아테나 여신의 올리브 성상을 말하고 있다. 파르테논 신전에 아테나 여신의 거대한 조상이 세워진 시기는 아이스킬로스의 작품 이후이다.

27) 아폴론은 여기서 시련(labor)이라고 말함으로써 오레스테스가 속죄의식을 치렀다 해도 그 죄를 씻는 과정으로 힘들고 긴 여정을 거쳐야 함을 말하고 있다. 시련이란 일반적으로 신화의 주인공들이 겪는 갖가지 어려움을 말하며 바다를 건너고 쫓기는 상황들에 대한 강조는 실제 아테네로 가는 여행보다 더 험난한 시련이 그를 기다리고 있음을 뜻하는 것이다. (호간) (주 47) 참고

오레스테스

아폴론이여, 당신은 정의의 법칙을 알고 계십니다.

그리고 어떻게 정의를 과오 없이 행할지도 알고 계십니다.

이제 자비의 마음을 보여 주십시오.

당신이 놀라운 일을 할 수 있는 능력을 가졌음을

누구나 의심치 않습니다.

아폴론

명심하라. 두려움에 사로잡혀선 안 돼.

무대 뒤편 어둠 속에 있던
헤르메스를 불러내면서

같은 아버지에게서 태어난 나의 형제 헤르메스여,

이 사람을 보호해 주시오.

당신의 이름대로 그의 길을 안내하고,

그의 호위자가 되어 주시오.28)

그는 나의 탄원자이니, 그를 지켜 주시오.

---

28) 헤르메스(Hermes)는 제우스와 님프 마이마 사이에 태어난 아들. 신들의 전령사이며, 여행자들의 안내자이다. 흔히 날개 달린 샌들과 모자를 쓰고 전령사의 지팡이를 든 잘생긴 청년으로 그려진다. 또한 그는 죽은 자의 영혼을 하데스(저승세계)까지 안내하는(그리고 아주 드문 경우 하데스에서 지상으로 다시 인도하는) 역할도 하고 있다. 여기에서 오레스테스를 다시 지상에 데려다 주는 그의 역할은 이 극에서 복수와 반목에서 인간과 신이 함께 만드는 희망과 재생으로의 전환을 암시한다고 보는 견해도 있다.(페이글즈) 그가 무대 위에 등장해 있다면 그것은 오레스테스의 편에 선 또 한 명의 신이 있음을 보여주는 것이기도 하다.(호간)

그의 이름은 헤르마(herma) 또는 헤르마이온(hermaion)에서 나온 말로 '돌무더기의 신'이라는 의미를 가지고 있다. 돌무더기는 길의 이정표로 세워지는데 보통 이 돌무더기의 가운데에는 커다란 기둥모양의 돌이 중심을 잡고 세워진다. 죽은 자의 영혼을 명부로 인도하는 헤르메스의 역할(Psychopompos)은 여행자들의 길잡이라는 그의 기본 역할의 연장으로 보인다.

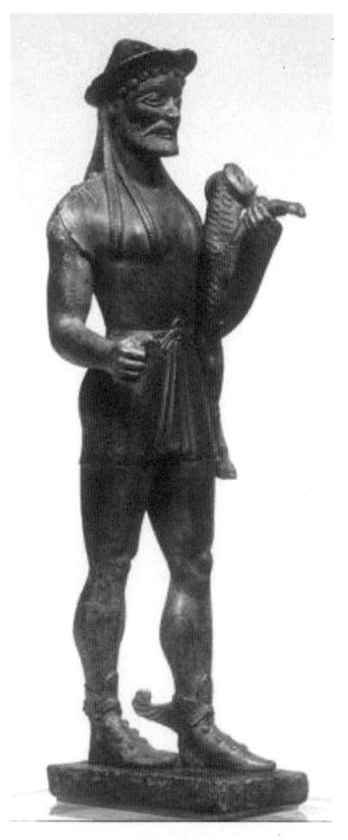 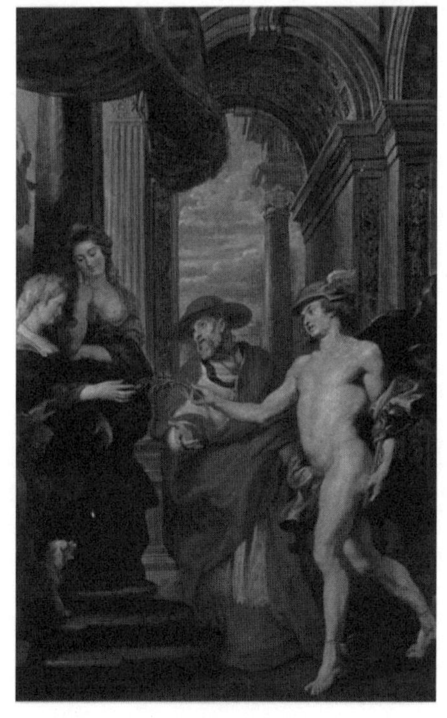

헤르메스

제우스신도 추방된 자들의 권리를 존중해 주십니다.
지금 빨리 가서 그를 인간세계로 돌려보내 주시오.

아폴론, 성소 안으로 퇴장.
오레스테스는 헤르메스의 인도를 따라 무대를 가로질러 왼쪽으로 퇴장
클리타임네스트라의 망령이 등장해서
잠에 빠진 복수의 여신들, 에리니에스를 굽어본다.[29]

---

29) 클리타임네스트라의 등장이 어떻게 무대에서 이루어지는지는 알려진 바 없다. 그러나

아니, 잠을 자고 있어? 너희들이 잠들어버리면 무슨 소용이야?

너희들 때문에 죽은 자들 속에서 나만 멸시를 당하고 있어.

나도 죽임을 당했건만,

'남편을 죽인 여자야'라고

살인죄를 비난하는 냉혹한 소리가

잠잘 줄 모르고 날 쫓아다니고 있단 말이다.

나는 쉴 자리를 잃고 수치심에 쫓겨 멀리 피하건만

가장 가까운 혈육으로부터

가장 무자비한 고통을 받은 나를

그들은 거세게 비난하면서 고발하고 있어.

그런데도 날 위해 복수해 주는

분노한 신은 하나도 없구나.

제 에미를 죽인 살인자의 손에 내가 찔려

이렇게 쓰러졌는데도!

오레스테스의 퇴장 뒤 곧바로 이어지는 등장은 아니어야 한다. 음악으로 극적인 정지의 시간을 한층 살려내어 이 장면의 음산하고 섬뜩한 분위기를 고조시키는 것이 더 바람직하다.(메이넥크) 망령이 아폴론의 신전에서 등장하는 것도 잘못된 것은 아니다. 아폴론 신전이 지하명부로 통하는 신성한 통로(틈) 위에 세워졌다고 하기 때문이다. 페이글즈는 클리타임네스트라의 망령이 중심석(옴팔로스)에 등장한다고 지문을 달고 있다. 그렇다면 자고 있는 복수의 여신과 망령의 장면은 신전 문 안에서 이루어진다는 의미이다.

호간은 만일 복수의 여신들 중 몇 명이 에퀴클레마로 이미 무대로 나와 있었다면 망령도 신전 문에서 무대로 나올 수 있으나 대부분의 복수의 여신들은 아직도 신전 안에 있으므로 장면이 어색해진다고 말한다. 만일 복수의 여신을 신전 내부에 두더라도 클리타임네스트라의 망령은 "죽은 자의 세계에서 등장하는 꿈"이므로 무대 측면에서 등장하는 것이 가장 바람직하다는 것이다.

자, 내 상처를 봐라— 30)

　　　　　이걸 보고 너희들의 심장이 찢어졌으면!

내가 너희에게 올린 제물을 기억하느냐?
온갖 꿀맛 나는 술, 너희를 달래는 달콤한 제주를
너희에게 부어 주었지.
너희는 그것을 바닥까지 핥아 마셨어.
신들도 꺼리는 죽은 자의 시간, 그 무서운 어둠의 시간에
내가 너희를 위해 화로에 불을 켜고 향연을 베풀어주었건만,
그 모든 제사와 정성이 발 아래 짓밟혀 허사가 되었구나.31)
그놈은 가버렸어,
새끼 사슴처럼 가볍게 뛰어서,
사냥꾼이 쳐 놓은 그물망을 뚫고
한걸음에 도망쳤어!
너희들을 비웃으면서,
조롱의 눈길로 돌아보면서—
내 애기를 들어봐, 내 영혼을 위해 탄원하는 이 소리를!
일어나, 나의 여신들아, 저승의 여신들아,

---

30) 페이글즈는 이 장면에서 잠자는 복수의 여신 중 한 명을 붙잡고 이 대사를 하도록 지
　　문을 달고 있다.
31) 제주(祭酒)는 술기운이 없는 꿀과 우유, 그리고 물로 만들어진다. 지하세계의 영혼들
　　에게 바치는 희생 제의는 언제나 밤에 행해지며 땅에 닿을 듯 낮은 화로에서 태운다.
　　복수의 여신들에게 바치는 이 제사의 이미지는 후에 오레스테스를 제물로 삼겠다는
　　복수의 여신들의 위협에 더욱 무시무시하게 변하다가, 이 극의 끝에서 아테나가 제안
　　하는 이 나라의 첫 열매를 받아들이게 됨에 따라 위엄과 신성함을 가지는 이미지로
　　변화된다.

클리타임네스트라가 꿈속에서 너희들을 부르고 있다.

분노의 여신들, 동요하며 투덜댄다.

쫓던 자가 도망갔는데, 너희는 푸념만 하고 있구나.

탄원자들에게는 자기편이 있는데,

나에게는 아무도 없어.

그들이 다시 동요한다.

깊은 잠에 빠져 내 고통은 관심도 없군!

오레스테스가, 어머니를 죽인 그자가 도망쳤다!

복수의 여신들 신음소리를 낸다.

너희들은 투덜대면서도 여전히 자는구나. 일어나! 일어나!

악을 응징하지 않을 거라면 너희들이 존재할 이유가 뭐지?[32]

그들이 다시 중얼거린다.

피로와 잠이 서로 한패가 되어

독오른 뱀의 힘을 다 빨아들인 모양이군.[33]

코러스(복수의 여신들)

잡아라!

　　잡아라!

　　　잡아라!

---

32) "너희들이 하는 일은 해악을 끼치는 것뿐"이라는 의미.

33) 복수의 여신들은 끝까지 복수의 대상을 쫓아가기 때문에 흔히 사냥개들로 비유되기도 하고, 머리카락이 뱀으로 되어 있다 하여 뱀의 이미지로도 그려진다. 해리슨 (Harrison)은 여기에서 뱀이 단수로 된 것은 에리니에스(Erinyes)의 옛 이미지를 말한다고 한다. 복수의 여신들로서의 에리니에스는 끝없이 수를 더해 가지만 옛 에리니스 (Erinys) 망령은 하나였다. 그녀는 살해된 어머니의 망령이었다. 그렇기에 자신은 모르고 있지만 어떤 의미로 클리타임네스트라야말로 진짜 '뱀'인 복수의 여신이다. 묘한 무의식적 회상 속에서 복수의 여신들은 진정한 에리니스인 클리타임네스트라가 그들을 깨울 때까지 잠들어 있는 것이다. (*Progelomena*, p. 233)

잡아라!

그놈을 잡아라!34)

클리타임네스트라의 망령

너희는 꿈을 쫓고 있다.

울부짖는 사냥개들처럼

피 냄새를 쫓아 맹렬히 몰아 가서는

결코 사냥감을 놓아주는 법이 없지.

한데 지금 무얼 하고 있는 것이냐?

일어나! 피곤하면 이길 수 없어!

너희 기억 속에 있는 나의 고통을 잠에게 도둑맞을 수는 없지.

나의 경멸에 찬 비난이 너희의 심장을 찌를 거야,35)

정의의 양심을 따끔하게 찌르는 바늘이 될 거야.

너희들의 악취, 피비린내 나는 숨결을 그놈에게 불어줘라.

그의 피를 말려 버리고,

너희 뱃속의 원한의 불길로 그를 태워 버려라.

다시 일어나! 그를 쫓아라, 그가 기진맥진 쓰러져 죽을 때까지.

코러스(복수의 여신)장

일어나!

일어나!

---

34) '잡아라(=쫓으라)'는 말은 사냥개가 먹이를 쫓듯이 "냄새를 따라서 추적하라"는 의미
이다.(호간)
35) 그녀의 비난에는 정당함(*dike*)이 있는데 그녀가 복수의 여신들에게 바친 제사 때문이
기도 하고 또한 혈족으로부터 살해당한 이들을 위해 복수해 주는 것이 그녀들의 일
이기 때문이기도 하다.(호간 155)

모두 일어나라!
잠을 쫓아내라.
어서 일어서! 발을 딛고 일어서서,
꿈의 실체를 찾아내라.

클리타임네스트라 문으로 퇴장
문에서 오케스트라 쪽으로
복수의 여신들인 코러스 한 명씩 등장

복수의 여신들

서로 한 마디씩 응답하며 대구로 노래함

스트로프 1[36)]

아니야, 안 돼! 자매들아, 우리가 당했어!

나의 모든 일, 우리의 모든 일이 허사로구
나, 허사야!
안 돼! 안 돼! 고통을 참을 수 없어,
아프구나! 아파!
참을 수 없는 고통이야!

---

36) 이 부분은 코러스가 [歌章(스트로프)]과 [應答歌章(안티스트로프)]으로 서로 대화하는
장면이다. 그러나 다소 긴 대사로 이루어진 스트로프와 안티스트로프 간의 대화를 보
다 짧은 구절로 나누어 응답하도록 하여 긴박감을 살리고 싶을 경우를 위해 페이글
즈의 번역판을 참고하여 대구 형식으로 (-)를 사용하여 행을 구분 지어 놓았다. 이 경
우 스트로프와 안티스트로프로 표시된 지문에 관계없이 (-)로 구별된 행대로 서로 나
누어 대화하면 될 것이다.(역자 주)

우리의 먹이가 그물을 빠져나갔다, 우리의 희생물이 도망쳤다.

내가 그만 잠에 사로잡혀서, 사냥감을 놓
쳐 버렸다.

안티스트로프 1

제우스의 아들이여, 당신은 도둑이오!

젊은 신이여, 당신은 우리 늙은 신들을 밟아 버렸오.37)
그대에게 탄원하는 저 인간은 불경한 자요,
그를 길러준 부모에게 내려진 저주이거늘.

당신은 모친 살해범을 빼돌렸소, 신이라 하는 당신이!
이게 어찌 정의란 말이오?

스트로프 2

비난의 원성이 꿈속에서도 날 괴롭게 쫓아다녀.

---

37) 아폴론은 제 4세대에 속하는 젊은 신이다. 반면 복수의 여신들은 밤의 자녀들로 태초,
세상의 시작에 속한 구세대의 신이다. 이 극에는 이렇게 남/녀의 힘의 대결뿐 아니라
신/구의 충돌, 구세대와 신세대 간의 갈등이 여러 형태로 나타난다.(호간) 복수의 여신
들은 우라노스의 피에서 솟아난 자녀라는 설도 있다.(신통기 181-5) (주 52) 참고.)

전속력으로 달리라는 듯
박차를 가하고, 채찍질하여,
나의 심장을 찌르고, 나의 가슴을 후려친다.

형 집행자의 가혹한 채찍질을 느낄 수 있어.
나를 응징하는 채찍에 살이 찢어지는 이 아픔![38)

안티스트로프 2

이들이 새로운 신들, 이것이 그들의 행동하는 방식이요,
그들의 힘은 정의의 울타리를 벗어났다.
그들의 왕좌에선 피가 흐르고 있어.
관을 쓴 머리에서부터 발끝까지
피로 흠뻑 젖었다.

우주의 배꼽, 옴팔로스가
피를 흘리고 있는 것이 보인다.
죄로 물들어 더럽혀지고, 저주받고,
흉악하게 변한 것을.

---

38) 여기에서 '사형 집행자'는 공적인 법을 집행하는 자로서의 클리타임네스트라를 의미
하며 그녀가 마치 전차를 모는 것처럼 지체하고 있는 복수의 여신들을 재촉하고 있
음을 말한다.

스트로프 3

예언자는 그의 집과 신전을 더럽혔다,
그 자신의 성역을 욕되게 하였으니, 이는 그가 불러들인 것이요,
그가 스스로 조장한 것이로다.

그는 법을 업신여기며, 인간을 신들 앞에 세워,
운명의 여신이 정해놓은 옛 법을 거역하는구나.[39]

안티스트로프 3

그는 우리에게도 상처를 입혔다, 하지만
그 인간만큼은 제 맘대로 놓아주지 못할 거야.
지옥까지 도망간다 해도 결코 자유를 얻지는 못할 거야.
살인자의 표를 무덤까지 가지고 갈 것이니
결국 또 다른 피를 부르겠지,
자신의 머리에서 쏟아질 피를—

아폴론이 문에서 등장한다.[40]

아폴론

썩 나가라, 명령이다! 나의 집에서 썩 나가!

---

39) 아폴론은 인간의 법을 존중함으로서 운명의 여신들(모이라이)의 법인 몫과 분배를 파괴하고 있다.(호간)
40) 아폴론이 완전 무장을 하고 화살을 휘둘러 복수의 여신들을 몰아내며 등장한다.(페이글즈) 또는 위에서 도르래를 타고 내려올 수도 있다.(메이네크)

이 예언의 집을 떠나라,

복수의 여신들 중 하나를 잡아
화살을 그 면전에 흔들며

그렇지 않으면 이 황금 활에서

날개 달린 화살촉이 번쩍이며 날아가

뱀의 송곳니가 되어 너희에게 박힐 것이니.

그러면 너희의 창자는 인간에게서 빨아먹은 검은 피와

찌꺼기들을 토해낼 것이고, 그 썩은 핏덩어리들로

너희 숨통이 막힐 것이다.

이 신전에 발붙일 생각 말아라,

너희는 여기 있을 권리가 없어.

너희가 있을 곳은 피투성이 살육을 정의라고 부르는 곳이 아니냐?

머리가 잘리고, 눈이 뽑혀 나가며,

종족을 멸종하려고 거세하며, 어린 소년들의 사지가 찢기는 곳,

코와 귀가 잘려나가고, 돌에 눌려 심장이 터지며,

말뚝에 등이 꿰뚫린 시체들로 가득 찬 곳—

그곳으로 돌아가라,

고통 속에 죽어 가는 희생자들의 신음소리를 따라가라.[41]

복수의 여신들이 아폴론에게 가까이 다가간다.

너희는 그 혐오스런 잔치를 간청하고 있지만,

신들은 그런 너희를 경멸한다.

너희 몰골을 봐라!

---

[41] 『오레스테스 3부작』을 보는 당시의 관객들에게 이런 참상은 페르시아 사람들이나 다른 "야만인"들이 저지르는 형벌을 연상하게 해 주었을 것이다.(메이네크)

그 끔찍한 꼬락서니는 네가 누구인지 말해주니까.

너희들은 동굴 속에서 움츠리고 앉아,

사자가 먹다 버린 피 묻은 썩은 고기나 먹어라.

나의 성소에 너희 더러움을 묻히지 말아라.

나가! 이 주인 없는 무리들아, 썩 나가!

천상의 그 어떤 신도 은혜를 베풀어

너희들의 목자가 되어 주는 일은 없을 것이다.

코러스장

아폴론 신이여, 들어 보세요, 우리가 말할 차례입니다.

당신은 이 범죄에 단순한 공범자가 아닙니다.

모두가 당신이 저지른 짓이고,

주동자인 당신이 비난받아야 합니다.[42]

아폴론

어째서? 그 이유만은 말하게 해 주겠다. 더 이상은 안 돼.

코러스장

당신의 신탁이 그 국외자[43]에게 어머니를 죽이라고 말했으니까요.

아폴론

나의 신탁은 그에게 아버지의 원수를 갚으라고 했을 뿐이다.

그게 어쨌다는 것이냐?

---

42) 여기에서 복수의 여신은 아폴로가 부분적으로만 죄에 연루된 것이 아니라 완전히 책임이 있다고 말하고 있다. 여기서 비난받아야 한다, 죄가 있다(guilt)는 말은 *aitios*, 즉 도덕적 책임을 말하는 것이다.

43) 오레스테스는 도망자라는 의미에서도 그리고 아폴론에 의해 받아들여진 손님이라는 의미에서도 국외인(*xenos*)이다. 제우스는 국외자, 추방된 자들을 보호한다.(호간)

코러스장

　　당신은 그에게 은신처를 제공했습니다,

　　그 손에 아직 피가 묻어 있는 채로.

아폴론

　　나는 그에게 탄원자의 자격으로 나의 집에 오라고 말했다.

코러스장

　　그러나 우리가 그를 여기로 데려왔는데

　　지금 당신은 우리를 비난하고 있습니다.

아폴론

　　너희는 나의 성전 근처, 그 어디에도 와서는 안 돼.

코러스장

　　그러나 그것은 우리의 책임이고, 우리의 역할입니다.

아폴론

　　무슨 권리로? 너희들이 가졌다는 그 대단한 특권을 말해 봐라.

코러스장

　　우리는 모친살해범들을 그들의 집에서 몰아냅니다.

아폴론

　　그럼, 아내가 남편을 죽이면 너희들은 어떻게 하지?

코러스장

　　그 경우라면 살인자가 혈연의 피를 흘리는 건 아니지요.

아폴론

　　그렇다면 너는 제우스와 헤라의 결혼서약을

　　더럽히고 불명예스럽게 만드는 것이다.[44]

　　인간의 가장 소중한 인연이 사랑에서 비롯되건만

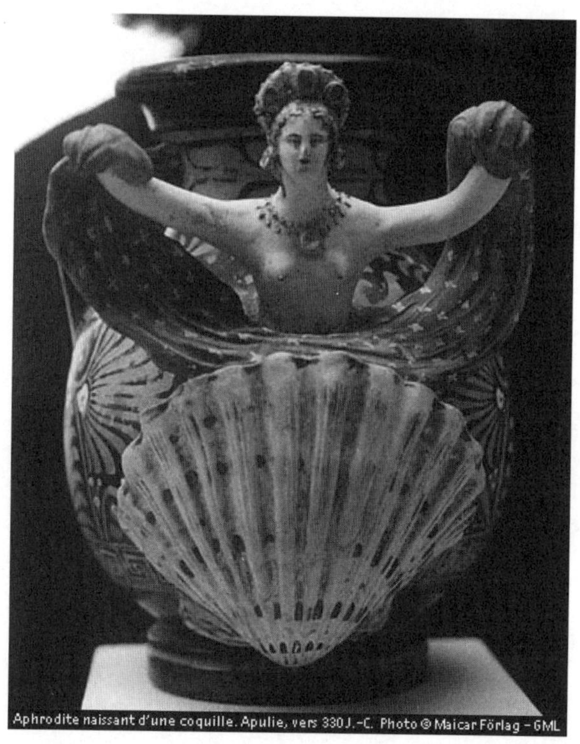

아프로디테의 탄생

너는 그 말로 아프로디테를 욕보이고 있다.45)

---

44) 코러스 리더는 남편과 아내는 피를 나누지 않는 사이이므로 두 사람간의 살인 행위는 혈족 살해는 아니라고 주장하는 것이다. 이에 대해 아폴론은 결혼은 결국 두 몸이 하나가 되는 의식이므로 피를 나눈 사이보다 더 강한 관계임을 주장하고 있다.

헤라(Hera)는 크로노스(Cronus)의 딸이며 제우스의 아내로 결혼의 신이다. 제우스와 헤라의 결혼은 모든 결혼의 시초이며 으뜸임을 말하고 있다.

45) 성적인 사랑과 생산의 여신. 아프로디테(물거품이란 의미)는 그녀의 탄생과 관련된 키프로스 섬의 이름을 따서 키프리스라고도 불린다. 플루타르크에 의하면 결혼을 한 사람들은 다섯 신이 필요하게 된다고 한다. 그 다섯 신은 제우스 텔레이오스(두 몸이

남녀의 결혼이란 맹세보다 더 강하니,
운명의 신에 의해 결정되는 것이며
정의의 여신의 보호를 받는 것이다.

만일 너희가 부부간에 살인을 허용하여,
복수도 하지 않고 천벌을 내리지도 않는다면,
오레스테스를 뒤쫓는 이 일도 결코 정당하지 못한 일이다.
너희들은 한쪽 죄에 대해서는 노여움을 폭발하면서, 또 다른 한쪽
그 잔학한 죄에 대해서는 이렇게도 덤덤하단 말인가.
분명히 말하지만,
이번 일에 대해서는 아테나 여신이 시비를 가릴 것이다.

코러스장

우리는 그 인간을 절대 놓아주지 않을 것이오, 절대로!

아폴론

그래? 그럼 어디 마음대로 쫓아 봐.
대신 고통을 감수해야 할 것이다.

코러스장

그런 말로 우리 권위의 행사를 저지하려 하지 마시오.

아폴론

권위라고? 그런 권위, 나라면 사양하겠다.

코러스장

물론 그렇겠죠,

하나되는 결혼의 완성을 뜻하는 텔레이오스<*teleios*/consumation>에서 온 말), 헤라 텔
레이아, 아프로디테, 페이토(설득의 신), 그리고 아르테미스라 한다.(호간)

당신은 제우스의 부름으로 권좌에 앉으신 강력한 신이니,
하지만 우리는 어머니의 피의 부름으로 권위를 받았으니
살인자를 뒤쫓는 것이 바로 정의의 여신을 섬기는 일입니다.

복수의 여신들 소리를 지르며,
왼편으로 퇴장

아폴론

그는 나를 믿고 탄원하였으니 나는 그를 보호할 것이다.
신의 자비가 거절되었을 때 발하는 탄원자의 분노만큼
신들이나 인간들을 두렵게 하는 것도 없으니까.

아폴론, 문으로 퇴장

장면 2

아테네에 있는 아크로폴리스.
아테나 여신의 신전 앞에 있는 여신상 앞.
왼편에서 악단 쪽으로 오레스테스 등장하여
제단에 엎드린다.[46]

---

46) 이때 장면의 전환이 어떻게 이루어졌는지는 알려진 바 없다. 단순히 오레스테스가 오 케스트라의 중앙, 극장의 제단에 등장하고 코러스가 퇴장함으로 장면의 전환을 할 수 도 있겠으나 당시 비극에서 오케스트라가 퇴장하는 일은 드문 일이었다. 극에서 분명 히 오레스테스가 아테네로 여행하도록 명시되어 있고(아폴론의 대사) 이 장면은 오레 스테스가 아테나 여신에게 탄원하면서 시작이 되므로 반드시 아테나 여신의 신상이 무대 위에 올려지지 않아도 될 것이다.(메이네크)

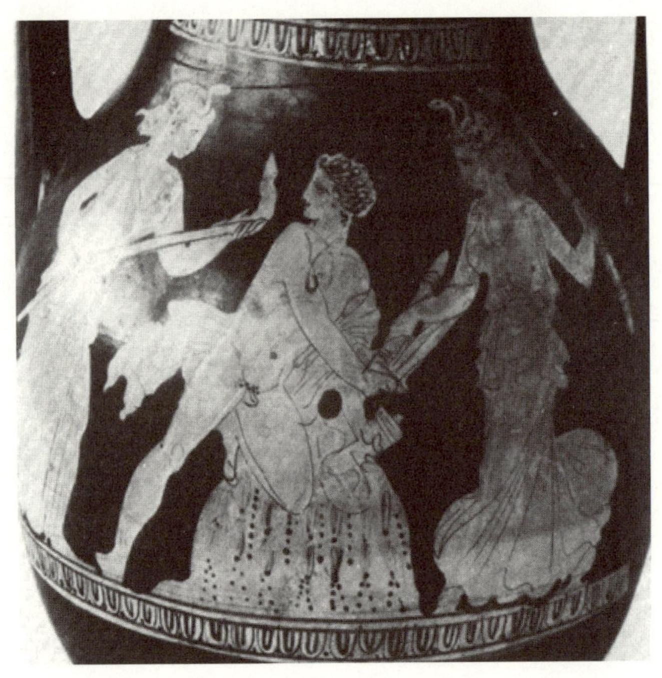

오레스테스를 둘러싸는 복수의 여신들

오레스테스

> 아테나 여신이여, 아폴론 신의 명령으로 제가 왔으니
>
> 자비를 베푸시어 이 저주받고 쫓겨난 자를 맞아 주십시오.
>
> 저는 접촉이 금지된 자가 아니며, 나의 피 묻은 손은 깨끗합니다,
>
> 나는 날이 닳아버린 칼날입니다.
>
> 머나먼 길을 오면서, 여러 집들을 거치고

페이글즈는 오레스테스의 등장 시에 헤르메스가 오레스테스를 인도한다고 지문을 달고 있는데 그럴 경우 앞 장면에서 아폴론이 헤르메스에게 오레스테스를 인도하라고 부탁하는 대사와 연결이 된다.

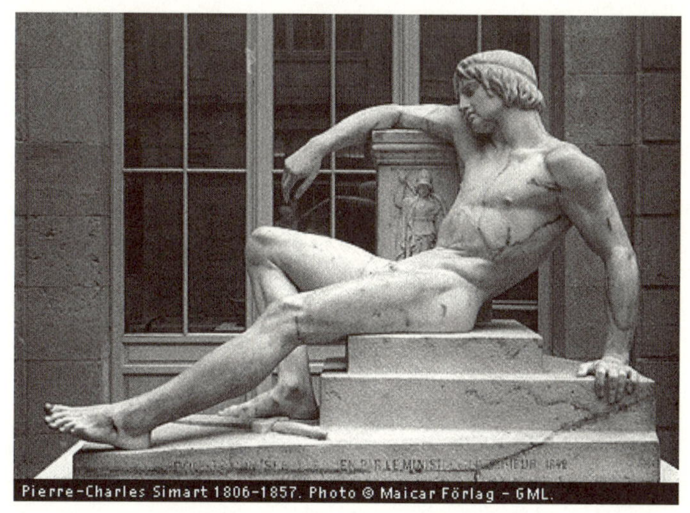

아테나 여신의 신전에 앉아 있는 오레스테스

많은 이들의 길을 방황하다가
얻어맞고 무디어진 칼날입니다.
아폴론 신의 말씀인 신탁을 따라,
땅을 가로지르고, 바다를 건너서,
여신이여— 당신의 집, 당신의 성상을 향해
먼 길을 왔습니다.
마침내 여기 왔으니 이제 마지막 판결을 기다리며
내 시련의 끝을 지켜보겠습니다.

왼편에서 오레스테스를 쫓는 복수의 여신들 등장.
아테나 여신의 신상을 매달리듯 붙잡고 있는
오레스테스를 발견하지 못한다.
코러스의 리더가 발자국을 본 듯이

찾았다!

이것 봐, 사람이 지나간 자취를, 방금 지나간 듯 선명해!

말없는 이 증거를 따라가자, 그것이 길을 인도하고 있으니.

그를 쫓아라, 상처 입은 새끼 사슴을 사냥하듯 그를 잡아라.

피로 얼룩진 냄새의 흔적을 추적해라.

아, 너무나 힘든 이 수고,[47)]

어떤 인간도 견뎌내지 못할 거야,

숨이 차 헐떡거리고, 허파가 터질 것 같아,

대지를 휩쓸고, 날개도 없이 파도를 넘어,

배보다 더 빨리, 우리의 먹이를 쫓아 왔는데,

그가 바로 여기 있다,

여기 어딘가에 토끼처럼 웅크리고 숨어 있어.

인간의 피 냄새다―내 가슴이 기뻐 뛰는구나.

찾아라! 찾아!

모든 곳을 다 뒤져라.

어머니를 죽인 죄인이 도망가서는 안 돼, 그는 벌을 받아야만 해.

복수의 여신들,

오레스테스를 발견하고는 하나 둘씩 그를 둘러싼다.

---

47) 수고(labor, trouble affliction, trial), 그리고 오레스테스가 아테나에게 말한 "시련" 모두
    같은 의미로 주 27) 참고.

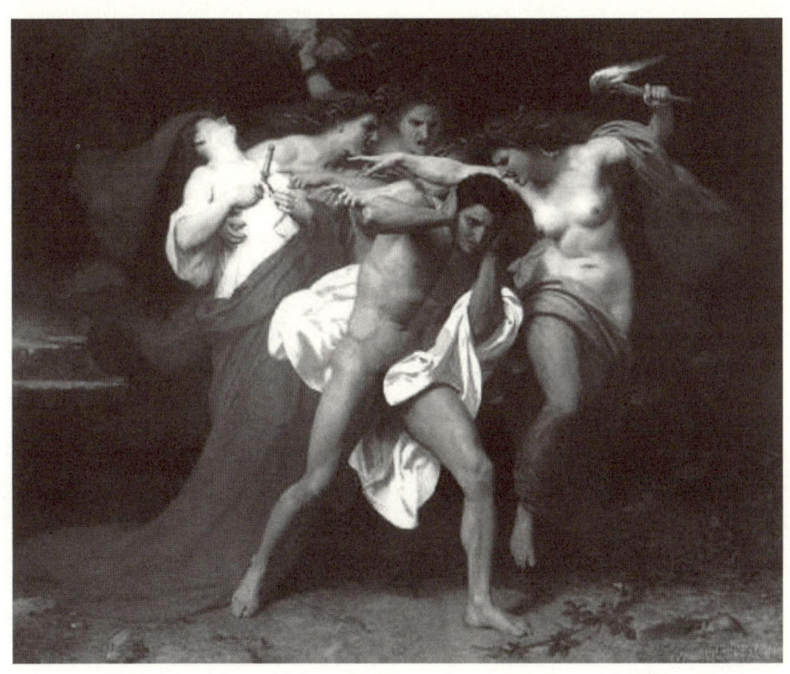

오레스테스와 복수의 여신들

코러스(복수의 여신들)

저기 있다!

신성한 곳을 차지하고 있어!

여신의 성상에 매달려 있잖아!

재판을 청하여 자기의 손을 깨끗하게 하려고 하는군!

절대 안 될 말이야!

저자는 자기 어머니의 피를 흘렸어!

이미 저질러진 일이야. 흘린 피를 돌이킬 순 없어!
그 피가 땅을 적시어 대지가 삼켜 버렸으니,
핏속을 흐르는 생명도 다 말라 버렸어!
피는 피로 갚아야만 해!

오레스테스에게
우리가 네 피를 마시겠다,
너의 사지에서 짜낸 진하고 붉은 제주(祭酒)를 마셔서
구역질나는 축배로 우리의 갈증을 해소할 거야.

너의 피를 다 말린 뒤,
저 지하세계로 널 추방해 버리겠다.

거기서 넌 대가를 치를 거야. 어머니를 살해한 고통을 맛봐야 해!

지옥에 떨어져 사악한 사람들 속에
섞이겠지,

신과 친구와 자기 부모에게 죄지은 인간들을
네 눈으로 직접 보게 될 거다.
모두들 어떻게 정의의 여신이 내려준 응분의 값을 치르고 있는지
알게 될 거다.

지옥의 신 하데스48)는 인간들의 행위를 낱낱이 계산해
장부에 기록하고 있어.

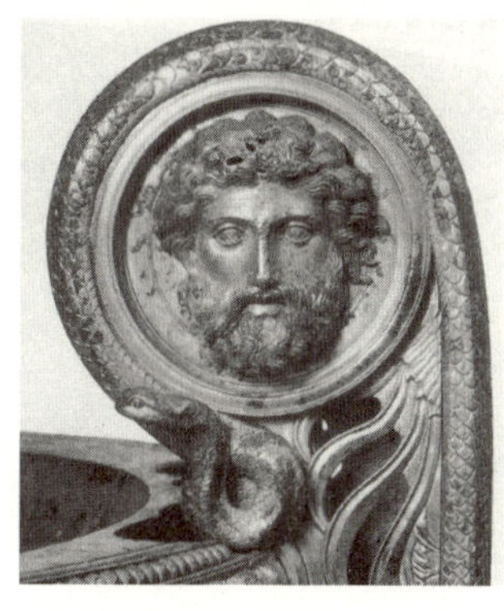

저승의 신 하데스

대지 밑 저 깊은 지하세계에서는

인간의 모든 것이

그의 마음속에 새겨져 기억되고 있지.

오레스테스

고통은 내게 스승이 되었습니다.

많은 것을 가르쳐 주었어요.

어떤 때에 말이 필요하고,

어떤 때에 침묵을 지키는 것이 옳은가
를.

이번 재판에 관해선, 입을 열어 호소하라고

한 지혜로운 스승이 말해 주었습니다.

내 손의 붉은 피는 희미하게 바래 없어졌어요,

어머니를 죽인 죄의 자국은 씻겨졌습니다.

아폴론 신전에서 돼지를 속죄 제물로 바쳤을 때49)

선명한 그 핏자국은 깨끗이 씻겨졌습니다.

---

48) 하데스(Hades)는 죽은 자의 세계, 지하세계를 다스리는 신. 크로노스와 레아(Rhea)의
아들로 제우스의 형제이다.
　　여기서는 계약 기간(업무기간)이 끝날 때 실적을 평가하는 직책을 가진 신이라는
의미로, 인간들의 행위를 기록하여 그 생이 끝날 때 상응하는 벌을 내리는 신을 뜻함.
하데스는 곡물(농업)의 여신 데메테르(Demeter)의 딸 페르세포네(Persephone)를 납치해
아내로 삼았다. 데메테르는 결국 딸을 찾아 이 세상으로 데려오지만 페르세포네가 그
만 먹어서는 안 되는 지하세계의 음식(석류)을 한 입 베어먹은 탓에 일년 중 사분의
일을 명부로 내려가 하데스와 함께 보낼 수밖에 없게 되었다. 대지가 생산을 멈추는
죽음의 계절인 겨울은 데메테르가 자기의 딸이 지하세계에 내려가 있는 세 달 동안
슬퍼하기 때문에 생긴 것이라 한다.
49) 어린 돼지를 잡아 그 피로 씻는 것은 살인자의 속죄 의식의 하나였다.

그동안 얼마나 많은 집을 거쳐 여기까지 왔는지
그 이름을 일일이 열거하자면 시간이 모자랄 것입니다.
그 많은 가정에서 나를 받아 주고 숨겨 주었지만
아무런 해를 당하지 않은 것은
바로 내 손이 깨끗하다는 증거입니다.
모든 것은 시간 속에서 낡아 빛이 바래고,
시간은 모든 것을 정화해 줍니다.

이제 깨끗하고 경건한 입술로 기원합니다.
이 땅의 주인이신 아테나 여신이여,
어서 오셔서 나를 도와주십시오.
창을 쓰지 않아도, 전쟁을 하지 않아도
이 몸과 아르고스 땅과 백성들을
믿을 만한 여신의 편으로,
성실한 동맹자로 얻을 수 있을 것입니다.50)
지금 어디 계시든,
여신께서 탄생하신 리비아 땅의 트리토니스 호수51) 근처로

---

50) 『오레스테스 삼부작』을 공연하기 3년 전인 B.C. 458년 아르고스는 아테네와 동맹을
맺어 스파르타에 대항했다. 아이스킬로스가 극의 배경(아가멤논의 도시)을 호우머에
나타난 미케나이에서 아르고스로 바꾼 것은 아테네의 새 동맹국을 의식해서인 것 같
다.(페이글즈, 호간)
51) 초기 전설에 의하면 아테나 여신의 탄생지는 리비아의 트리토니스 호수라고 한다.(페
이글즈 321)
　　B.C. 460년에 아테네는 페르시아인 지배자에 대항해 반란을 일으킨 리비아의 왕
을 돕기 위해 이집트로 함대를 파견했다. 아이스킬로스는 당시의 사건을 언급하고 있
는 듯하다.(페이글즈, 호간)

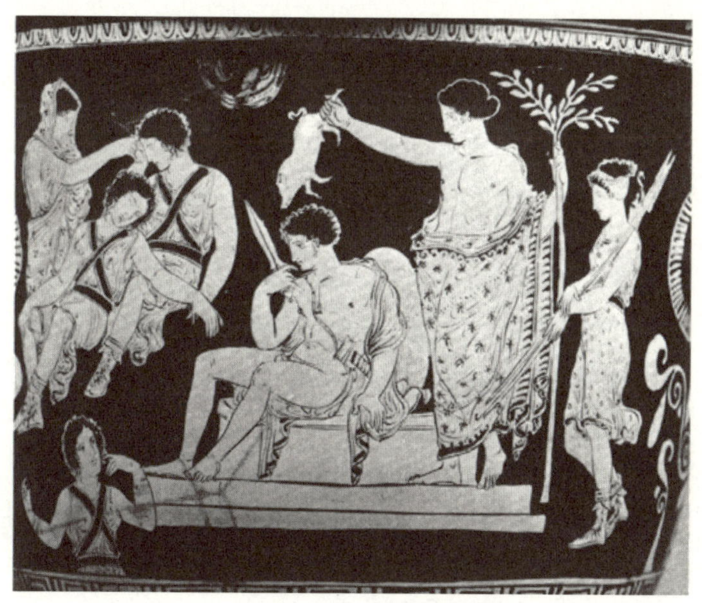

오레스테스의 정죄

동맹자들을 보호하기 위해 전쟁터에 나가 계시든지,
거인들의 평원에서 용감하게 전쟁을 관장하고 계시든지[52]

---

52) 플라그라(Phlegraea)의 평원은 마케도니아에 있다. 그리스어로 플레그라이는 "불타는 들"
   이라는 뜻으로 기간테스(Gigantes)가 군거해 있던 땅이다. 올림포스 신들과 기간테스들
   이 땅의 지배권을 놓고 벌인 전쟁인 기간토마키아(Gigantomachy)가 있었던 곳이다. 기간
   토마키아에서 신들은 인간의 도움이 없이는 결코 기간테스들을 이길 수 없다는 테미스
   여신(법과 이치의 여신)의 예언을 듣는다. 이에 아테나는 헤라클레스와 디오니소스를
   개입시켜 싸움을 승리로 이끈다.
   　아테나는 이 전쟁에서 기간테스인 엔켈라도스(Enceladus)를 잡아 시켈리아(시실리
   아) 섬으로 꼭 눌러놓았다. 시실리아가 지진이 잦은 것은 엔켈라도스가 때때로 돌아눕
   기 때문이라고 한다. 그녀는 또 다른 기간테스인 팔라스(지혜)를 무찌르고 그 가죽으로
   방패를 만들었다고 한다. 그녀는 팔라스의 자리를 물려받아 팔라스 아테나(지혜의 여

아테나 여신은 어디서라도

내 탄원을 듣고 계실 거야.

오셔서 나를 도우실 거야.

아니, 그런 일은 없을 거야.

아폴론 신도, 아테나 여신도 너를 구원할 수 없어.

너는 추방당하여 떠돌며 버림받은 신세가 될 거야.

고통받는 영혼은 기쁨을 찾아봐도 찾을 수 없겠지.

피를 빨아먹는 귀신들의 밥이 되어,

핏기 없는 그림자, 빈 껍데기로 떠돌겠지.

오레스테스의 대꾸를 기다리며 잠시 말을 멈춘다.
오레스테스는 말없이 기도하고 있다.

대꾸가 없어? 내 말을 멸시하는 거냐?

신)가 된다.

기간토마키아는 희랍 예술과 문학에서 자주 다루는 주제가 되고 있는데 "야만주의에 대한 문명의 승리"로 해석되기도 한다. 기간테스(괴거인)는 기가스(Gigas)의 복수. 기가스는 가이아(Gaea)의 자식이라는 뜻으로 영어의 거인, 자이언트(giant)는 기간테스에서 나온 말이다. 기간테스는 그들의 형제들인 거신들, 티탄과 다르다. 티탄 형제 중 막내가 크로노스이다. 후에 크로노스는 다시 아들 제우스에게 주도권을 빼앗긴다. 제우스가 10년 간의 티타노마키아(티탄과 올림포스 신들과의 전쟁)에서 티탄들을 물리치고 올림포스 신들의 시대를 열게 된다. 이로써 신들에게는 세대교체가 일어난다.

티탄인 크로노스(시간의 신)는 어머니 가이아(대지의 여신)의 사주로 부친인 우라노스를 공격하여 거세하고 올림포스를 지배한다. 아들 크로노스에게 거세되어 피를 흘리며 우라노스는 "내 피는 물로써는 씻기지 아니할 것이니, 오직 피 아니면 사랑으로만 씻길 것이다"고 말했다. 이때 우라노스(하늘의 신)의 피 속에 서린 정기 중 "피(원념)의 정기"가 가이아에게 떨어져 낳은 "피(원념)"의 자녀들이 "에리니에스(강한 자들)" 자매들과 괴물거인 기간테스 형제들이다. 크로노스의 피에 서린 또 다른 정기인 "사랑"의 정기는 바다에 떨어져 거품이 되어 떠돌다가 후에 퀴프로스 섬에서 "사랑의 여신" 아프로디테를 탄생시킨다.

우리의 희생 제물로 살찌워 바쳐진 주제에!

넌 신전에 바쳐지는 제물이 아니라

산 채로 우리의 먹이가 될 것이다.

우리의 노래를 들어라.

널 옭아맬 우리의 주문을 들어라.

복수의 여신들, 테네 상을 에워싸고서

오레스테스의 주위를 돌며

손을 잡고 노래하며 춤을 춘다.[53]

코러스(복수의 여신들)

[서곡]

올가미로 묶을 춤을 추자.

손에 손을 잡고 노래 부르자.

공포를 부르는 지옥의 노래를.

인간의 삶을 조정하는

우리의 힘을 보여 주자.

우리는 정의의 심판관.

---

53) 복수의 여신들이 부르는 노래는 주문(binding song)으로 그들의 희생제물을 저주하고 혼을 다 빼놓는 사악한 노래이다. 반복되는 후렴은 그런 주문의 전형적인 특징이다. 그리스원문의 약약강의 운율은 코러스가 이 노래를 부르면서 행진을 했음을 암시한다. 복수의 여신들인 에리니에스와 함께 사람의 혼을 묶는 사슬이나 로프의 상징은 여러 곳에 등장한다. 운명의 여신들 모이라이는 운명의 실을 잣고 묶는(매듭짓는) 일을 하며, 호우머의 『오디세이』에 나오는 사이렌은 이름이 밧줄과 관련이 있어서 그녀의 노래를 듣는 이들을 꼼짝없이 마술로 묶어 돼지로 변형시킨다.

　셰익스피어의 『맥베스』에서 마녀들의 노래가 초연당시 마귀의 힘에 대한 믿음이 강했던 영국인에게 미친 영향처럼, 복수의 여신들의 이 마법의 주문을 외는 노래는 당시 무시무시한 악령과 귀신들의 존재를 믿고 있던 아테네 사람들에게 소름끼치는 강렬한 인상을 심어 주었을 것이다.(페이글즈, 메이네크, 호간)

순결한 손을 내미는 자들은
우리의 노염을 받을 리 없어
일생을 재난 없이 보낼 수 있지만,
저기 있는 사내처럼 죄를 범하고
피비린내 나는 더러운 손 감춘다면
죽은 자의 증인이 되어 복수하리라.
피 흘린 자는 그 값을 치러야 해,
우리가 끝까지 쫓아 복수하리라!

스트로피 1

우리를 낳은 어머니,
밤의 여신이신 어머니,[54]
죽은 자와, 산 자들에게 복수하도록
우리를 키우셨으니
이제 우리말을 들어 주십시오.
레토의 아들이 우리의 사냥감을 훔쳐 갔습니다.
아폴론이 우리의 권리를 빼앗으려 합니다.
우리는 이 희생제물을 원합니다.
어머니를 살해한 대가를 원합니다.

---

54) 아이스킬로스는 여기에서 복수의 여신들의 모친을 대지의 여신, 가이아(주 52) 참조)
가 아니라 밤의 여신으로 바꾸고 있는데 이는 아마 이미 델포이의 초기 신으로 대지
의 여신을 언급했기 때문인 듯하다.(페이글즈)

[후렴 1]

희생제물을 위해

노래를 부르자.

광기의 노래,

광란의 노래,

복수의 여신이 부르는 노래,

주문을 걸자,

넋을 옭아매고

광기의 화염으로

생기를 말려 버리자.

안티스트로피 1

이것, 이것이 우리의 운명의 실,55)

운명의 여신들이 물레를 돌려

---

55) 복수의 여신은 지금 혈육을 살해한 자를 복수하는 것이 그들이 부여받은 운명이며 권리임을 말하고 있다.

운명(모이라이/Moerae)의 여신은 세자매이다. 클로토(Clotho: 베를 짜는 여신)는 운명의 실을 잣고, 라케시스(Lachesis: 나누어 주는 여신)는 분배하며 아트로포스(Atropos: 거역할 수 없는 여신)는 자르는 역할을 한다.

인간세계의 여성이 아기를 낳을 때가 되면 출산의 여신 에일레이튀이아(Eileithyia)는 꼭 모이라이 세 여신을 데리고 온다. 아기를 낳으면 클로토는 이렇게 말한다. "내가 너의 운명을 짜리라." 그러면 라케시스는 "미래의 실마리를 풀어 은혜를 나누어 주리라."고 말하고 아트로포스는 가위를 꺼내 보여주면서 "내가 모월 모일에 너의 운명의 실을 잘라 거두어 갈 것인즉 네가 거역하지 못하리라."고 한다.

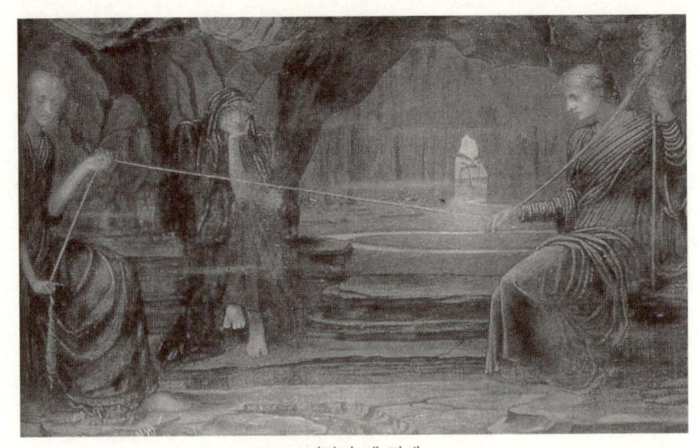
모이라이 세 자매

자아내고 짜 놓은 우리의 몫.
혈육을 죽인 자를 사냥하는 게
누구도 거역할 수 없는 우리의 운명.
땅속 깊은 곳, 지옥 끝까지 쫓아가리니
죽어서도 자유를 누리지 못하리라.

[후렴 1]
희생제물을 위해
노래를 부르자.
광기의 노래,
광란의 노래,
복수의 여신이 부르는 노래,
주문을 걸자,

넋을 옭아매고
광기의 화염으로
생기를 말려 버리자.

스트로피 2

우리의 타고난 오랜 권리, 주어진 몫은
불멸의 신들도 손댈 수 없는 운명.
그들이 우리의 만찬에 참석할 일 없고
깨끗한 흰옷도 우리를 위한 게 아니니,
우리의 검은 제사는 저들과 무관하다.56)

[후렴 2]
파멸시키자, 집들을 —
혈육을 살해하는 혈육을 낳은 집,
아레스의 자손을 키운 집.57)

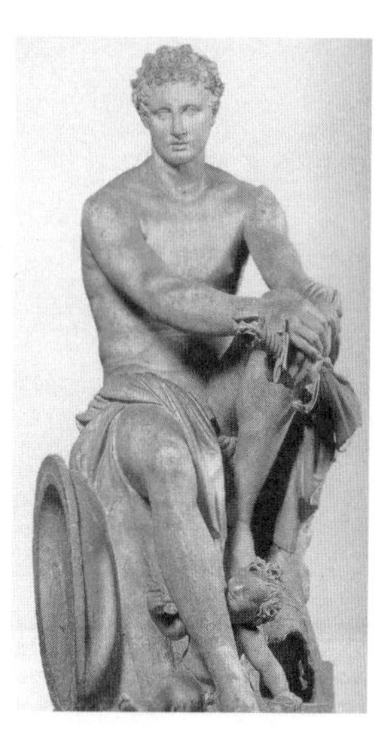
전쟁의 신 아레스

---

56) 여기서는 복수의 여신들이 자기들과 올림포스 신들(불멸의 신들)과의 차이를 비교하고 있다. 올림포스 신들에게는 흰옷이 제식에 입는 것이라면 지하 신들은 검은 옷을 좋아한다. 제의를 위한 희생제물도 올림포스 신들에게는 흰색의 동물을 바쳤고, 지하 세계의 신들에게는 검은색의 짐승들을 바쳤다.(호건)

57) 아레스(Ares)는 전쟁의 신. 제우스와 헤라 사이의 유일한 아들. 로마식 이름인 마르스(마아스 Mars)로 우리에게 더 익숙하다.
　　재판이 열리는 장소인 아레오파고스는 아레스의 언덕(Hill of Ares)이라는 뜻으로 로마사람들은 마르스의 언덕(Mars's Hill)이라고 불렀다. 아레스가 그 장소에서 살인죄로 재판을 받은 최초의 인물이었기 때문에 붙여진 이름이다.(주 67), 77) 참고)

피에서 났으니 피 흘린 자를 사냥해야지.
그 자의 힘을 비웃어 주고,
싸늘한
죽음의 그림자를
덮어씌우자.

안티스트로피 2

우리는 우리 의무를 열심히 수행하고,
신들을 이러한 문제에서
벗어나게 해 주었으니
이 일로 그들이 무슨 설명을 요구할 것인가.
제우스는 우리의 섬뜩한 성질을 혐오하며,
우리를 더럽다 멀리 피하는데.58)

스트로피 3

인간의 존엄, 그 생명의 빛은
땅속 깊은 지옥에선 치욕스레 썩을 테지.

---

58) 신들은 이 일에서 제외되었으니 이 사건(재판)에 대해 사전 심의를 할 필요가 없다는
뜻으로, 마지막 말은 이 일에서 복수의 여신들과 제우스 간에 전혀 관계가 없음을 선
언하는 것이다.(호간)

검은 옷의 코러스는 포위망을 좁힌다.
발을 구르며,
격렬하게 춤추며.

[후렴 3]
높은 곳에서 뛰어내려,
힘껏, 무겁게 뛰어내리자.
헐떡이며 달리는 자를 바닥에 눕히고
발 밑에 짓밟아
파멸시키자.

안티스트로피 3

그는 자신의 몰락을 알지 못한다.
타락으로 인해 미쳐 버리고,
짙은 죄의 안개로 흐려진 이성,
어둠이 그의 집 주위에 떠돌며,
슬픔에 겨운 한숨이 그 운명을 한탄한다.

스트로피 4

이것은 우리의 타고난 재주,

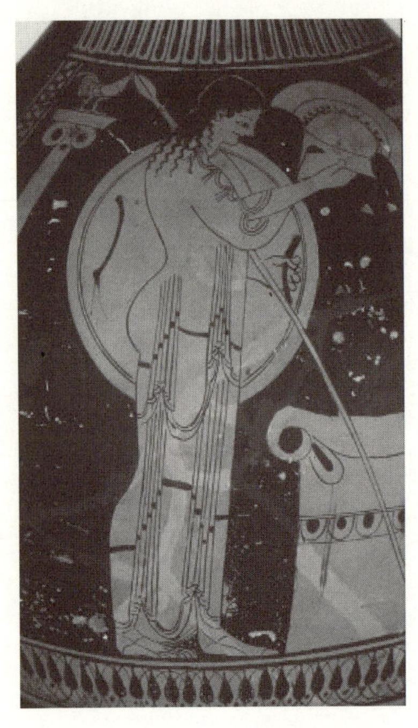
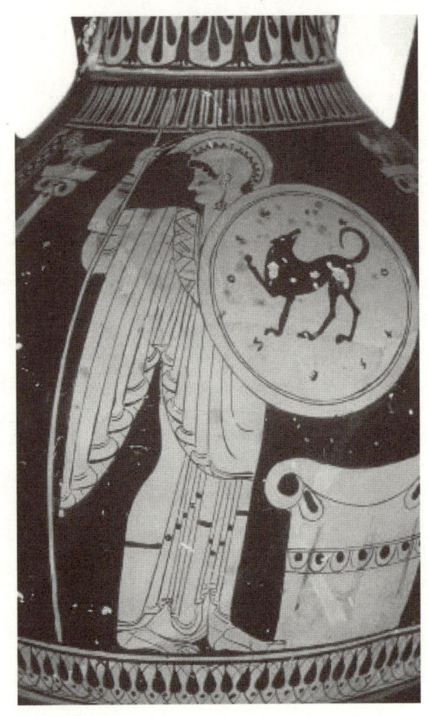

제단 곁의 아테나

악의 실현.
한(恨) 서린 기억들을
인간이 어찌 달랠까.
신들은 혐오하지,
암흑의 먼지 속에 추방된 우리의
피비린내 나는 복수를.
살아서 눈 뜬 자와 죽어 눈먼 자
험난한 길로 모두 내어 쫓기리—

우리가 마련한 유일한 길은

그 길뿐.

안티스트로피 4

운명의 여신들이 정해 준

우리의 신성한 법을 듣고

불안과 공포에 사로잡혀

두려워 떨지 않을 인간이 어디 있을까?

신들이 이 권리를 우리에게 일임했으며

이것이 예로부터 영원한 우리의 특권이니

비록 우리가 어둠의 심연에 살아도

지하세계의 힘을 무시할 수는 없을 것이다.

아테나가 갑옷을 입고
창과 방패를 들고 문에서 등장한다.[59]

아테나

멀리 스카만드로스의 강가에서 살려 달라 외치는 소리를 들었노라.

그곳에서 나는 그리스의 전사들과 족장들이 바친

땅의 소유권을 요구하고 있었다.[60]

---

59) 장소가 아테나 여신의 신전 앞이므로 여신이 문에서 등장하는 것이 자연스럽다. 그러나 어떤 공연에서는 무대 옆에서 당당히 걸어 나오거나, 또는 마차를 타고 오케스트라 쪽으로 나오는 경우도 있다.

60) 스카만드로스 강은 트로이 평원의 강이다. 아이스킬로스 당시 아테네는 이 근방 시게이온을 식민지로 가지고 있었는데 소유권 문제로 분쟁이 있었다고 한다. 아테네는 이

창으로 획득한 전리품 중 최상의 것으로 바쳐진 나의 몫이니,

바로 테세우스61)의 아들들에게 골라 바친 상급이었다.

그 전쟁터에서 급히 내 집으로 달려왔다,

어린 말들이 이끄는 마차에 올라, 날개는 없지만

나의 방패 아에기스62)가 일으키는 바람처럼 빠르게

나의 고향으로 돌아왔다.

방패 너머로
오레스테스와 복수의 여신들을 발견하고

그런데 내 땅에 찾아온 낯선 방문객들,

두렵진 않지만 괴이한 무리들이 있구나.

곳이 트로이 전쟁에서 승리한 몫으로 받은 것이라 주장하였다.

61) 테세우스는 전설 속 아테네의 왕이며 영웅. 테세우스는 많은 전설을 가지고 있는데 그가 이룩한 일들이 당시 아테네 사람들의 소망과 맞물려 그를 역사적 현존인물로 그렸다. 그 역시 야만인 침입자를 물리쳤고, 민주주의의 씨를 뿌렸으며 아테네를 아테나 여신에게 바쳤다. 투키디데스(B.C. 5세기 그리스 역사가)가 기록한 강한 개인주의와 질서로 나타나는 테세우스의 민주주의에 대한 이상은 아이스킬로스가 『자비로운 여신들』에서 보여 주는 이상이기도 하다. 플루타르크의 영웅전에 나타난 그의 모습, 모든 나라를 향해 민주주의의 혜택을 누리도록 초청하는 말—"모든 나라여 다 이리 모이시오"—은 이 극의 마지막 코러스의 노래에서 되살아나고 있다.(페이글즈)
　　테세우스는 여러 무용담을 가지고 있으며 그 중에서 우인(牛人) 괴물인 미노타우로스(Minotauros: '미노스의 황소')를 물리친 무용담은 수많은 예술가들의 주제가 되었다. 머리는 황소이나 몸은 사람인 미노타우로스는 크레타의 왕비 파시파에와 황소 사이에서 태어난 아들로 여물 대신 사람을 먹어야 하는 괴물이다. 크레타 왕 미노스는 다이달로스가 만든 미궁(Labyrinthus)에 미노타우로스를 가두고 그의 먹이가 될 사람들을 당시의 약소국인 아테네를 협박해서 바치게 했다. 테세우스는 미노타우로스의 희생물이 될 아테네인 12명에 끼어 크레타로 갔다. 명장 다이달로스의 미궁은 아무도 빠져나올 수 없는 죽음의 감옥이다. 그러나 테세우스에게 한눈에 반한 크레타의 공주 아리아드네가 건네준 실타래 덕분에 미노타우로스를 죽이고 미궁을 빠져 나왔다.
62) 아에기스(Aegis)는 제우스가 만들어 준 아테나 여신의 방패로 중앙에 메두사의 머리가 있다.

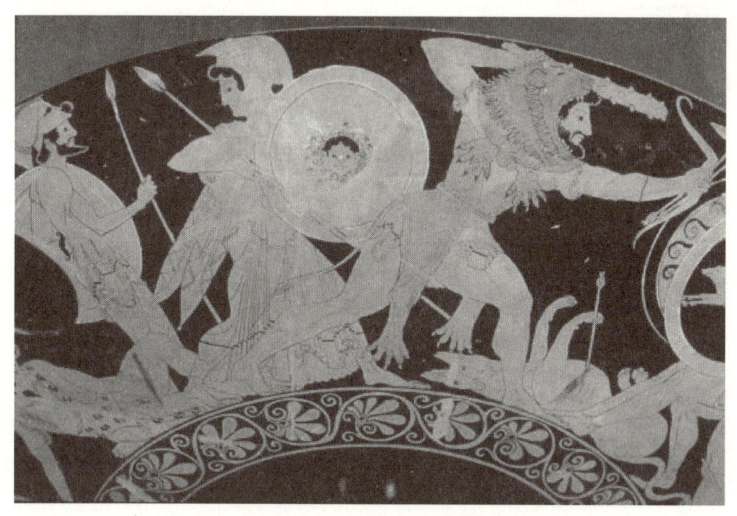

아테나 여신의 방패에 그려진 고르곤

대체 너희들은 누구이고 무엇이냐?
내 신상에 매달린 이 나그네는 또 누구인가?
인간이랄 수 없는 괴기한 모습을 보니
아버지 없이 태어났을 것이며,
신들이 알고 있는 어떤 여신도 너희들을 키웠을 리 만무하다.
그러나 이유 없이 나의 방문자를 판단하는 것은 안 될 일이다.
편견은 결백한 이들을 중상하는 것이고,
정의는 항상 편견이 없어야만 하니까.

코러스장

제우스의 따님이시여, 제가 설명해 드리겠습니다.
우리는 영원한 밤의 자식들,

깊은 땅속에 사는 원한 맺힌 저주들입니다.

아테나

아, 이제 너희들이 누구인지 알겠다.

너희들의 이름도 들어 알고 있다.

코러스장

그렇다면 이번엔 우리의 권한이 무엇인지도 알려 드리겠습니다.

아테나

네가 사실대로 분명하게 진술한다면, 내가 들을 것이다.

코러스장

우리는 살인자를 그들의 집에서 쫓아냅니다.

아테나

그럼 쫓아낸 살인자를 어디까지 추적하는가?

코러스장

결코 기쁨이 존재하지 않는 곳, 그곳까지입니다.

아테나

이 사람이 도망자인가, 너는 그를 뒤쫓고 있는가?

코러스장

그렇습니다. 그는 제 어미를 죽이고도 그것이 정당하다 합니다.

아테나

누구의 강요였나? 다른 이의 분노가 두려워 그렇게 했는가?

코러스장

무엇이 선동한들 제 어미를 죽일 수 있겠습니까?

아테나

내게 호소하러 온 두 가지 입장이 있고, 한쪽 편 얘기만 들었다.

코러스장

소용없습니다. 저자는 결백하다는 맹세도 안 할 것이고,

우리가 주장하는 대로 유죄라고도 맹세하지 않을 겁니다.

아테나

그렇다면 너희는 정의로운 행동보다 정의롭다는 말을 더 원하는가?

코러스장

그게 무슨 말씀이십니까?

당신은 현명하시니 우리에게 가르쳐 주십시오.

아테나

한갓 맹세로 인해 불의가 정의를 이길 수는 없을 것이다.

코러스장

그러면 그에게 친히 물으시고, 정의를 가려 주십시오.

아테나

이번 사건의 마지막 판결권을 나에게 주겠는가?

코러스장

예, 당신께서 우리를 존중해 주셨으니

우리가 당신을 존경함은 지극히 당연합니다.

아테나

이방인이여, 당신이 말할 차례니, 이 비난들에 대해 답변하라.

그대가 어디에서 왔으며,

그대의 가족과 그대의 고통들에 대해 내게 말하고,

저들의 주장에 맞서 그대 자신을 변호하여라.

그대가 정의의 여신에 대한 믿음으로 이렇게 내 앞에 엎드려

내 성상을 꼭 붙들고 있다면

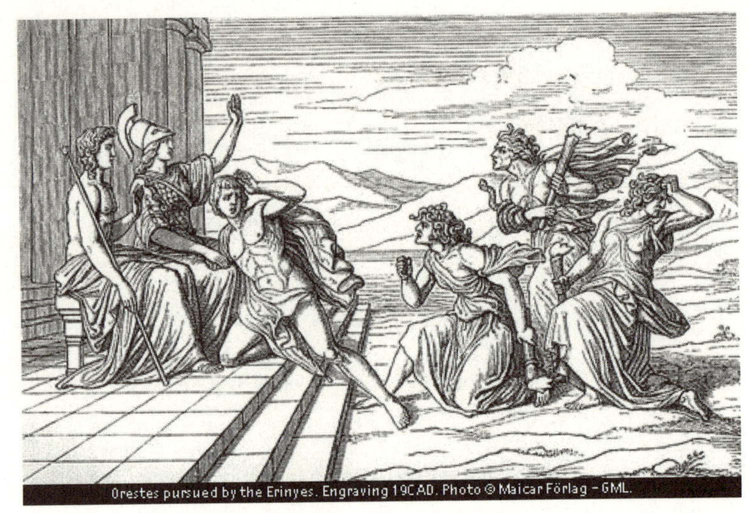

복수의 여신들에게 쫓기는 오레스테스

그대 이전에 여기서 그렇게 했던 익사이온[63])처럼

탄원자로서의 네 권리를 존중받게 될 것이다.

이제 이 쟁점에 대해 탄원하고,

그것들에 대해 명확하게 답변하라.

오레스테스

아테나 여신이시여,

당신이 방금 내게 하신 말씀이 마음에 걸립니다.

무엇보다도 먼저 그것부터 해명하고자 합니다.

---

63) 익사이온(Ixion)은 테살리의 왕으로 인간 중 최초의 살인자. 그는 친족(장인)을 살해하
고 제우스에 의해 죄를 정화받았다. 그러나 그는 천상의 호의에도 불구하고 오히려 헤
라를 유혹하려 하다가 영원히 돌아가는 불 수레에 묶여 고통받는 형벌을 받게 된다.

나는 탄원자가 아닙니다, 그리고 내가 여기
당신의 성상 발치에 앉아 있는 것은
나의 손이 더러워서가 아닙니다.
내가 진실을 말하고 있다는 강력한 증거를 갖고 있습니다.
신의 법에 의하면, 살인자는 말을 해서는 안 됩니다.

속죄제의 의식을 행할 수 있는 이가
어린 짐승의 피로 그를 깨끗하게 해 주기 전까지는
입을 열 수 없습니다.
저는 오래 전에 희생제물인 짐승으로 죄를 씻었고,
나를 받아 준 모든 집의 정화수를 통해 깨끗하게 되었습니다.
그러니 당신의 전을 제가 더럽힐까 염려하지 말아 주십시오.

저의 혈통을 말씀드리면 곧 알아보실 것입니다.
저는 아르고스 사람이며, 저의 선친은 당신도 잘 아시는 분으로
함대를 이끌고, 바로 당신의 도움으로 트로이를 파멸시킨
아가멤논입니다.
전쟁에서 집에 돌아오자마자, 그는 비참하게 죽었습니다.
나의 간악한 어머니에게 난도질을 당했습니다.
유일한 목격자는 욕실에서 아버지를 덮어씌웠던 그물입니다.
나는 그때 유배지에 있었지만, 후일 고향으로 돌아와서
저를 낳아준 여자를 죽였습니다.
그것을 부정하진 않습니다.

그것은 나의 사랑하는 아버지에 대한 복수였습니다.

아폴론도 공범자이니 그에게도 책임이 있습니다.

내가 죄지은 자들에 대해 아무 행동도 취하지 않고 있을 때,

아폴론은 가슴을 쥐어짜는 고통으로 나를 채찍질했습니다.

내가 정당했는지 아니었는지 당신이 판결해 주십시오.

이게 제 진술의 전부입니다.

당신이 어떻게 결정하시든, 저는 당신의 판결을 받아들이겠습니다.

아테나

이 사건은 인간에 의해 결정되기엔 너무나 중대하다.

그렇다고 그러한 격노를 불붙이는 살인 재판을

내가 주재한다는 것도 또한 온당하지 못하다.

속죄 의식들을 통해 그대는 온유하여졌으며, 깨끗해졌으니

너의 피난처로 나의 성소를 찾은 것은 정당한 일이다.

복수의 여신들을 가리키며

그러나 저들에게도 운명의 여신이 정해준 일이 있으니,

간단히 무시할 수도 없는 일.

만일 저들이 패배한다면,

그 원한의 상처에서 해로운 독이 스며 나와,

끔찍한 역병으로 영원히 이 땅을 저주할 것이다.

이 사건의 입장이 이렇구나.

진퇴양난에 처했어.

그대를 있게 할 것인가, 보낼 것인가? 어느 쪽으로 결정하든

신의 분노를 일으킬 것이니, 결정하기 어려운 일이다.

이 사건이 나의 책임에 맡겨졌으니,
나는 살인죄의 재판관으로 도시의 대표자들을 택하여,
이 신성한 법정에서 엄숙히 맹세하게 하고
지금부터 영원히 이곳이 신성한 법정이 되게 할 것이다.

오레스테스와 복수의 여신들을 향하여

모두들 목격자들을 소환하고, 너희의 증거들을 확보하라.
너희의 입장을 옹호할 증언들을 준비하라.
나는 나의 시민 가운데서 정직하고 공정한 판결을 하며,
그들의 맹세를 지켜, 재판관으로서 정의를 행사할
최고의 시민들을 선택할 것이다.

아테나 여신이 문으로 나간다.

코러스(복수의 여신들)
스트로피 1

파멸이로다! 어머니를 죽인 자의
부패한 탄원이 이긴다면
예전의 권위 있는 법들은
아무 힘도 없는 것.
그의 범죄는 모든 인류를
피투성이 무법천지로 몰아넣을 것이다.
아이들은 마음대로 부모들에게 해를 입히고,
자식들에게 찢긴 상처가 세대를 이어가겠지.

안티스트로피 1

우리는 복수의 여신들, 파수병들,
더 이상 타락한 이들을 그저 지켜보며
분노로 떨고 있지만은 않을 것이다.
우리는 모든 인류를 저버릴 것이다.
파멸이여 임하라! 그때엔
사람이 신이 아닌 사람에게
하늘의 도움을 얻어보려 호소할 것이며
인간들이 내려주는 예언은
그의 이웃의 고통에 대한 것뿐—
언제 고통이 가벼워지고 그치게 될지
예언을 해 준다 한들
불쌍한 바보들에게
아무 치료도 되지 못하리라.

스트로피 2

재앙이 퍼부을 때면 그 누구도
우리를 찾지 못하리라.
그래도 그들은 울부짖겠지,
"정의의 여신이여, 당신은 어디 있는가?

권좌에 앉으신 복수의 여신들이여!"
고통받는 아버지, 절망한 어머니, 그들은
정의의 여신의 집이 무너졌음에
통곡하리라.

안티스트로피 2

공포와 두려움은 선이 될 때도 있지.[64]
그것은 파수병, 마음의 야경꾼.
고통을 통해 올바른 정신을 갖게 하니까.
마음의 파수병인 두려움이 없는 사람이나 국가가
어찌 정의의 여신에 대한 존경심을
가질 수 있을까?

안티스트로피 3

무정부의 삶도,
포학한 독재자의 노예가 된 삶도
숭상하지 말라.

---

64) 두려움은 부끄러움처럼 그 내적인 힘으로 높이 인정된다.(호간)
또한 법과 질서를 유지하기 위해 인과응보(처벌)에 대한 두려움이 필요하다는 생각은
고대에 널리 퍼져 있었다.(페이글즈)

신들이 어느 길을 택하든지
항상 중도의 길을 취하라.
우리는 한 마음으로 중용을 노래하자.
오만65)은 불경함의 진정한 자녀,
오직 건강한 마음만이
모든 이들이 간구하며 기도하는
소중한 행운을 가져다주리.

안티스트로피 3

이제 알았네, 그 모든 것을 알았네.
정의의 여신을 공경하라.
다시는 부(富)에 한눈을 파느라
그녀의 제단을 짓밟지 말라.
신이 섭리해 놓은 결말이 있으니,
신을 모욕한 죄 반드시 값을 치르리라.
무엇보다 먼저 부모를 공경하고,
나그네를 정중히 영접하라.
너의 집이 항상 길손에게 친절을 베풀며,
그의 신성한 권리를 존중하게 하라.

---

65) *hybris*를 말하고 있는데 도를 넘는 행동, 즉 오만함으로 인한 폭력, 불법을 말함. 이것
은 종교적, 도덕적, 사회적인 가치에 반하는 부끄러운 행동을 지칭한다.

스트로피 4

마음껏 정의의 여신을 껴안아라,
그러면 너희가 이 땅에서 뿌리가 견고할 것이요,
결코 파멸을 알지 못할 것이다.
불의의 약탈물로 배를 불리며
사악한 재물을 높이 쌓는 오만한 자는,
머지 않아 고통의 폭풍이 일격을 가하리니
돛대는 부서져 흩어지고
그의 배는 산산조각 나 파멸될 것이다.

안티스트로피 4

휘몰아치는 물결 속에 허우적거리며
도움을 청하는 울부짖음은
귀머거리의 귀에 청하는 헛된 외침.
이런 일은 절대 없으리라고 자랑하며
오만했던 그를 보며
신들은 조롱할 것이다.
도움의 손길 외면당한 채
슬픔의 바다에 빠져 들어가겠지.
그의 재물도 고통의 파도에 삼켜지고

정의의 암초에 부딪쳐 난파되리라.

그는 실종되지만, 울어 주는 이 없고,

찾는 이도 없구나.

제3장 아테네에 있는 아레스의 언덕(아레오파고스)[66]

아테나

전령이여, 사람들을 제자리로 불러 정돈시켜라.

에트루스카의 전쟁 나팔을 높이 들고,[67]

인간의 숨으로 그 속을 가득 채워,

귀를 찌르는 큰 소리로 사람들을 불러라.

---

66) 아레오파고스(Areopagus: 아레스의 언덕)는 재판이 열리던 언덕. 아무도 피고인 살인 자의 죄에 오염되지 않도록 야외에서 재판이 진행되었다.(호간)

　　아레오파고스는 '아레스의 언덕(Hill of Ares)'이라는 이름 외에 '저주의 언덕(Hill of Curses)'이라는 이름도 가지고 있다. 이는 에리니에스가 저주를 실제로 행사하는 신이기 때문인 것 같다. 원래는 이곳 동굴에 세므나이(Semnai)의 신당이 있어서 붙여진 이름이다. 세므나이는 풍요를 주관하는 아테네 토속신으로 여러 이름으로 곳곳에서 숭배되었는데 아이스킬로스는 이 여신들과 자비의 여신들인 에우메니데스를 복수의 여신 에리니에스와 동일시하고 있다.(에드워드 트립)　(주 58), 77) 참고.)

67) 중북부 이탈리아의 에투루리아(Etruria) 지방 사람들(Etruscans)은 기원전 5세기에 처음 트럼펫을 만들었다고 전해진다. 이 악기는 아테나 여신의 특별한 악기였다고 여겨진다.

열 명의 아테네 시민들이 등장한다.
그들은 두 개의 큰 투표 항아리를 놓는다.

법정이 소집되었으니 조용히 하라.

나의 도시는 내 영원한 법을 듣게 될 것이고,

소송당사자는 정당한 재판을 받을 것이며,

신중히 결정된 판결을 들을 것이다.

아폴론이 지붕 위로 등장한다.[68]

올림포스의 주신인 아폴론이여,

당신은 당신 자신의 재판권을 가지고 있소.

그대가 이 사건과 어떤 관련이 있는지 내게 말해 주시오.

아폴론

나는 법 아래에서 증언하기 위해 왔소.

이 남자는 나의 탄원자이며, 나의 성소로 피신하여 왔기에

그의 피 흘린 죄를 깨끗하게 해주었소.

나는 그의 대변자로 서 있으며,

어머니를 살해한 일에 대해 책임을 같이 지고 있소.

이 사건을 당신의 판결에 맡깁니다.

정의로운 결정을 기다리겠소.

---

68) 아폴론이 이 장면에서 어떻게 등장을 하는지 정확히 말하기는 어렵다. 그러나 메이네 크는 그의 갑작스런 등장과 퇴장이 지붕 위에서 쉽게 이루어질 수 있다고 보고 있다. 그럴 경우, 오케스트라에 위치한 지하세계에 사는 복수의 여신들과 공간적인 거리를 두고 올림포스의 주신인 아폴론이 지붕에 높이 서 있는 효과를 얻을 수 있다. 이때 중재자인 아테나 여신은 무대 중앙에 있어야 할 것이다. 그러나 페이글즈는 아폴론이 갑자기 등장해서 오레스테스 뒤에 머물러 있게 하고 있는데 이것은 오레스테스를 지 지하는 아폴론의 역할을 강조하고 있다고 보여진다.

아테나

재판을 개정한다.

복수의 여신들에게

너희의 주장을 진술하라.

기소자 측에서 먼저 그 논점들을 진술한다.

너희의 기소 내용을 설명하라.

코러스장

숫자는 우리가 많지만, 말은 짧게 끝내겠습니다.

오레스테스에게

우리의 질문에 하나하나 정확히 대답하라.

우선 우리에게 말하라, 너는 어머니를 죽였는가?[69]

오레스테스

난 그녀를 죽였소, 부정하지 않겠습니다.

코러스장

거봐! 삼득점 승(勝) 중에 이미 우리가 한 점 얻었다.[70]

---

69) 복수의 여신들이 묻는 첫 번째 두 질문은 상투적이고 형식적인 질문이다―*quid, quomodo*: <너의 어머니를 살해했는가? 네. 어떻게? 목을 베었습니다.> 이렇게 오레스테스는 짧게 대답한다. 그러나 세 번째 질문―*quibus auxiliis*: <누구의 도움으로?>라는 질문은 아폴론이 그를 여기까지 이르게 했음을 폭로하면서도 오레스테스가 변론할 수 없는 상태로 이끌어 가고 있다. 비록 에리니에스들이 아가멤논은 그가 살해한 모친처럼 죽은 자라는 사실을 상기시켜 주지만 오레스테스는 자신을 변론하기 위해 죽은 부친, 아가멤논을 의지해야만 한다. '어머니는 죽었어야만 한다. 한 번에 두 남자를, 즉 (아들의) 아버지와 (자신의) 남편을 살해했으니까.'라고 오레스테스는 영리하게 항변한다. 그러나 어머니는 죽었다. 죽음으로 사실상 그 죄가 면죄되었다. 반면 오레스테스는 살아남아서 재판을 받고 있다. 이런 복수의 여신들의 논리는 냉혹하다. 오레스테스는 왜 그들이 그의 모친을 뒤쫓지 않았는지 묻는다. 오직 혈육을 살해한 자만 복수한다는 복수의 여신들의 대답은 자신들의 말에 대한 모순일지 모르지만 그보다는 오히려 오레스테스가 가장 모순된 변론을 펼 수밖에 없는 상황으로 몰고 간다.(페이글즈)

오레스테스

당신은 승부가 채 끝나기도 전에 자랑부터 하는군요.

아직 승부가 다 끝난 게 아닙니다.

코러스장

어떻게 그녀를 죽였지?

오레스테스

칼을 뽑아들고 그녀의 목을 베었소.

코러스장

누가 그대에게 이 일을 하도록 설득했는가? 누가 너를 부추겼지?

오레스테스

여기 계신 신의 말씀이었소,

아폴론을 가리키며

저분이 날 위해 증언할 것이오.

코러스장

예언자가? 그가 어머니를 죽이도록 너를 인도했는가?

오레스테스

그렇소, 그리고 아직까지 후회는 없소.

코러스장

판결이 너를 우리 손에 넘겨줄 때는 그 맘이 바뀔 거다.

오레스테스

나는 우리 아버지를 믿고 있습니다;

무덤으로부터 올 그의 도움을 믿고 있소.

---

70) 고대 그리스 레슬링의 경우 세 번 넘어지면 상대가 승리하게 된다.

코러스장

죽은 자를 믿는다고? 네가?

제 어미를 죽은 자로 만들어 놓은 네가?

오레스테스

그렇소, 나는 그녀를 죽였소.

그녀가 용서받지 못할 두 가지 범죄로 더러워졌기 때문이오.

코러스장

어떻게? 두 가지 범죄로 더러워졌다니

재판관들에게 그것을 설명하라.

오레스테스

그녀는 자기 남편을 살해했고, 또한 나의 아버지를 죽였소.

코러스장

하지만 그녀의 죄는 죽음으로써 사면되었다.

반면 살인자인 넌 아직까지 살아 있어.

오레스테스

그렇다면 그녀가 살아 있을 때

왜 당신들은 그녀를 쫓아내지 않았소? 왜죠?

코러스장

그녀는 자신이 죽인 남자와 피를 나누지 않았기 때문이다.

오레스테스

나는 그런가요?

나는 내 어머니의 피를 나누어 가지고 있다는 겁니까?

코러스장

이 살인자! 네가 어미의 자궁에서 자랐으면서도,

어떻게 어머니와 자녀의 피가 무관하다 부인할 수 있단 말인가?
어머니는 네게 생명을 주지 않았는가?

오레스테스, 아폴론에게

오레스테스

아폴론이시여, 나를 인도해 주십시오. 나의 증인으로 서 주십시오.
내가 어머니를 쓰러뜨렸을 때
정의의 여신이 나와 함께 있었습니까?
그 일은 이미 저질러졌고, 내가 그 일을 저질렀으며,
그걸 부정하지 않습니다.
우리가 저지른 그 피투성이 살인을 지금은 어떻게 생각하십니까?
정당합니까? 아닙니까? 결정해 주십시오.
저들 앞에 내 입장을 밝혀야 합니다.

아폴론, 배심원을 바라보며

아폴론

그대들에게 말하고, 이 아테나 여신의 위대한 법정에 말하건대,
오레스테스는 정당했다. 나는 예언자이니 진실을 말한다.
그 어떤 남자에게든, 여자에게든, 혹은 도시에게든,
내가 예언자의 자리에서 내리는 말 한마디는
한 번도 올림포스의 대신(大神)이며, 나의 아버지이신
제우스의 뜻을 따르지 않은 게 없다.
이 정당한 탄원의 배후에 있는 제우스의 권위를 잊지 말고,
그분의 뜻을 살펴야 할 것이다.
그 어떤 맹세도 제우스의 힘을 능가할 수는 없기 때문이다.

에우메니데스　95

제우스? 그러니까 당신의 말은,

당신이 내린 신탁이 제우스로부터 받은 명이란 것이오?

자식의 도리도, 어미의 권리도 무시한 채

아버지를 위해 복수하라고

제우스가 오레스테스에게 말했다는 겁니까?

아폴론

두 죽음은 분명 다르니, 비교할 수는 없다.[71]

오레스테스가 복수한 것은 제우스가 허락한 명예로 왕권을 지녔던

한 귀족의 죽음이었다. 그것도,

그저 한 아녀자에 의한 욕된 죽음 말이다.

여전사 아마존이 날려보낸 성난 화살에 쓰러진

명예로운 전사가 아니었다.

아니,

아테나 여신이여, 그리고 판결을 내릴 재판관들이여,

그의 죽음이 어떠했는지 이제 들어보시라.

그는 오랜 전쟁 끝에 귀향하였소.

결국 잃은 것보다 더 많이 얻어서[72]

---

71) '남녀간의 대립'이라는 주제가 드러나는 아폴론의 말이다. 남자와 여자를 살해하는 것
은 "같은 것이" 아니다. 특히 그 남자가 귀족, 즉 혈통 있는 남자(a man of blood)일
경우, 그리고 그 명예가 신으로부터 오는 "왕"일 경우에 더욱 비교할 수 없다. 또한
그 남자는 (용맹한 여전사 아마존의 정직한 화살에 의해서가 아니라) 여자에 의해서,
그것도 속임수와 계략에 의해서 살해되었다는 것이 아폴론의 주장이다. 그러나 만일
오뒤세우스의 목마·계략이 없었으면 그리스가 트로이에게 승리하여 아가멤논이 귀향
할 수 없었을 것이다.

성실히 기다리는 아내의 품으로, 가정으로,

그를 위해 그녀가 준비한 욕조 속으로 돌아왔소.

그가 막 욕조에서 나왔을 때, 바로 그 순간에, 그녀는 덮개를 던져,

그를 영원히 빠져 나올 수 없는 올가미에 얽어매었소.

그리고 나서 그녀는 사정없이 내리쳤소.

이것이 그의 처참한 최후였소.

최초의 함대 제독이었던 그 영웅의 최후.

그녀가 한 짓을 들으면

이 사건을 판결할 여러분들처럼

그 누구라도 분노에 떨 것이다.

코러스장

당신은 제우스가 아버지의 운명을 중시한다고 말씀하셨습니다.

그러면서 자신은 늙은 아버지 크로노스를 사슬로 묶었습니다.[73]

---

72) 아폴론이 이 시점에서 이런 이야기를 하는 것은 이상하지만 그는 아마도 아가멤논의 딸 이피게네이아(Iphigeneia)의 죽음을 '잃은 것'이라고 언급하는 듯하다.(호간) 아가멤논은 트로이로 원정을 가던 중 바다의 폭풍을 잠재우기 위해 자신의 딸 이피게네이아를 제물로 바친다.

　　얻은 것 중에 아가멤논은 귀향 시 트로이에서 공주 카산드라를 데리고 온다. 카산드라 공주는 그녀의 아름다움에 반한 아폴론으로부터 예언술을 배웠으나 아폴론에게 사랑을 허락하지 않는다. 결국 아폴론은 그녀의 예언의 능력에서 설득력을 빼앗아 버리고 아무도 그녀의 말을 믿지 않게 만들었다.

73) 복수의 여신들에게 유리한 반론이다. 제우스는 올림포스의 신들과 함께 티탄인 아버지 크로노스를 공격하여 거신들을 무찌르고, 아버지를 다른 티탄들과 함께 주석 사슬로 묶어 명부에서도 가장 깊은 무한 지옥인 타르타로스에 가두었다. 제우스는 이렇게 가두어 놓고도 안심이 되지 않아 아우 포세이돈을 불러 방비를 부탁했고 포세이돈은 강을 끌어들여 저승 주위를 흐르게 했다. 죽어서 저승으로 가는 것을 강을 건너는 일로 비유하는 것은 이렇게 저승 주위에 강이 흐른다고 생각했기 때문이다. 비록 제우

이것은 당신의 주장과 모순이 되는 게 아닌가요?

재판관들을 향해

나는 재판관 여러분들이 이 일에 증인이 되어 줄 것을 요청합니다.

아폴론

이 역겨운 마녀들아! 신들은 너희를 싫어해!

사슬은 부서질 수 있고, 석방될 수 있는 수많은 방법이 있어.

그러나 일단 티끌이 사람의 피를 빨아들이면,

그는 단번에 영원히 사라지는 것.

그 무엇도 그를 되살릴 수 없어.

어떤 주문을 외운다 한들 죽은 자를 되돌릴 수 있을까?

마음만 먹으면 일순간에 모든 것을 바꾸는 제우스의 힘으로도

그것만은 불가능한 일이다.

코러스장

당신은 저 인간의 무죄를 주장하려고 억지를 부리는 겁니까?

보십시오, 정의의 여신이여!

아폴론과 오레스테스를 지칭하며

제 어미의 피를 땅에 흘리고도, 그 아들이

아르고스의 아버지 집에서 살 수 있습니까?[74]

말해 보시오,

어떤 도시의 제단에서 그가 신께 예배드릴 수 있을지,

스가 불멸의 신인 아버지를 살해하진 못했지만 타르타로스에 가둔 것은 거의 살해와 맞먹는 행동이다.(호간)

　제우스는 10년간의 티타노마키아(티탄과 올림포스 신들과의 전쟁)에서 티탄들을 물리치고 올림포스 신들의 시대를 열게 되고, 이로써 신들에게는 세대교체가 일어난다.

74) 아르고스(Argos)는 아가멤논의 나라.

어떤 종족이 그에게 기름을 바르고 그를 맞아줄 것인지!

아폴론

그렇다면 진실을 말해 주마. 내가 정당한 이유를 설명해 주마.

네가 어머니라 부르는 존재는 아이의 진정한 부모가 아니라,

단지 씨앗의 양육자일 뿐이다.

새로 뿌려진 생명의 씨가

그 여자의 속에서 자라나고 커 가는 것뿐이다.

남자는 생명을 창조하기 위해 이방인 위에 올라 제 씨를 뿌리고

여자는 이방인으로 이방인을 길러내는 것뿐.

그 생명의 생사는 오직 신의 손에 달린 것이니,

여자는 단지 심겨진 어린 싹들을 제 속에서 양육할 뿐이다.75)

나는 어머니 없이도 아버지가 될 수 있는 증거를 가지고 있어,

내 말이 사실이라는 증거 말이다.

저기 그 증인이 서 있다.

아테나 여신을 가리키며

아버지 제우스에게서 태어난 아이!

그녀는 자궁의 어둠 속에서 자라지 않았지만,

---

75) 아폴론은, 어머니는 진정한 부모가 아니라 이미 아버지의 정액 속에 형성되어 있는 아이를 받는 "그릇"이라고 진술하고 있다. 이런 주장은 그리스 사람들에게 생물학적 관심이 되었다. 또한 이것은 민주주의 국가에서 재산의 상속권을 남자에게 주기 위한 사회적, 경제적인 선전방법이 되기도 했다.(페이글즈)

이 주장은 현대 독자와 평자들에게 많은 논란의 대상이 되어 왔다. 이 주장은 아이스킬로스가 생각해 낸 것이 아니라 원래 피타고라스에게서 나온 것이며, 후에 에우리피데스(Euripides)의 『오레스테스』에도 등장한다. 그러나 당시 사람들이 어머니가 부모가 아니라 단지 생명을 양육하는 그릇일 뿐이라는 이런 주장에 동조했을지는 확실치 않다. 오히려 아테나 여신의 탄생에 관한 이야기, 즉 남자가 여자의 도움 없이도 생산을 할 수 있다는 이야기가 그들에게 더 설득력이 있었을 것이다.(호간)

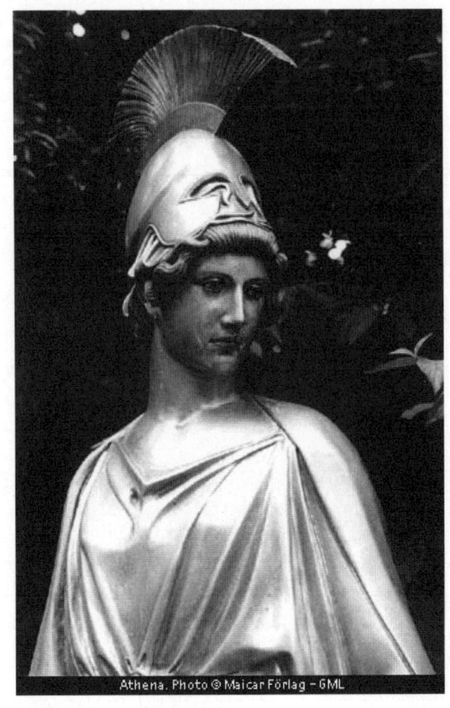

헬멧을 쓴 아테나

어떤 여신이라도 저런 놀라운 아이를 생산할 수 없었을 것이다![76)
팔라스 아테나시여, 나는

---

76) 아테네의 수호신인 아테나는 제우스의 딸로 지혜, 실용적인 기술, 장식하는 재간의
여신이며, 태어날 때 무장을 갖추고 나왔듯이 정의로운 전쟁(아레스가 관장하는 유혈
의 전쟁이 아닌), 전략의 신이다. 그녀는 탄생할 때 어머니를 거치지 않고 갈라진 제
우스의 머리에서 완전 무장한 채로 뛰쳐나왔다고 한다.

　　제우스는 장차 태어날 메티스의 두 번째 아이는 아들일 것이며 그가 태어나면 신
정(神政)을 뒤엎을 것이라는 경고에 첫아이를 임신중인 메티스를 삼켜 버렸다. 메티스
(지혜, 지략)의 소생이 태어날 때가 되자 제우스는 두통으로 뒹굴었고, 헤파이스토스
가 머리를 가르는 수술을 감행하자 다 자란 메티스의 딸 아테나가 완전 무장을 하고
제우스의 머리 속에서 뛰어나온 것이다.(주 7), 10), 52) 참고)

100

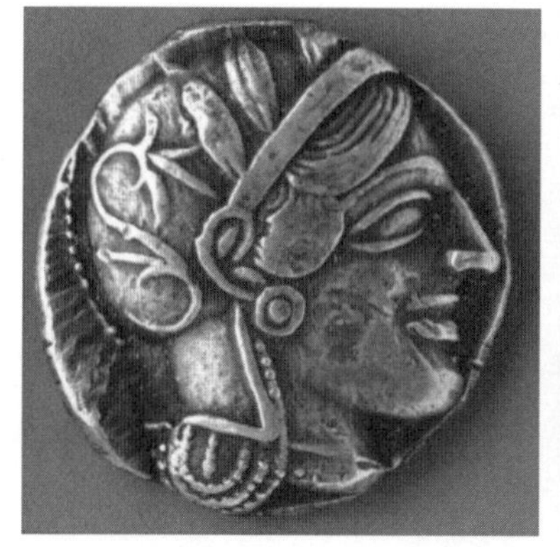

동전에 새겨진 헬멧을 쓴 아테나

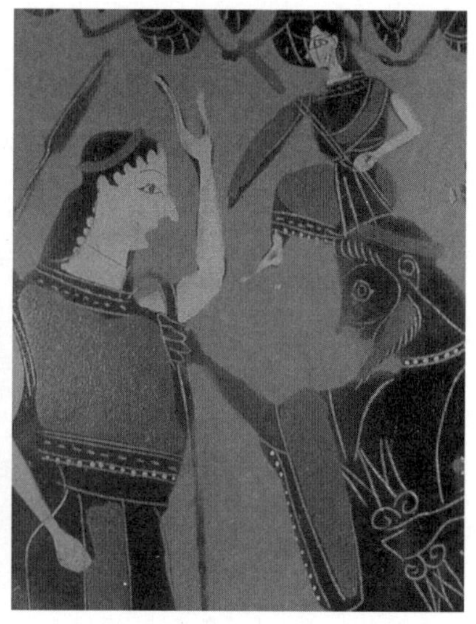

아테나의 탄생

당신의 도시와 그 사람들의 영광을 위해 최선을 다할 것이오.

나는 이 탄원자를 당신의 성소로 보냈소.

그는 영원한 당신의 신봉자가 될 것이며,

당신은 새로운 자기편을 얻게 될 것이오.

그와 그의 자손들 모두 영원히 당신을 받들 것이며

수많은 세대가 믿음의 서약을 지킬 것이오.

아테나

모든 진술의 내용을 충분히 들었소?

이제 심사숙고해서

양심이 정하는 대로 정직한 표를 던지도록

배심원들에게 요청해도 되겠지요?

아폴론

우리가 쏠 수 있는 변론의 화살을 다 쏘았으니,

이제 법의 결정을 듣는 일만 남았소.

아테나

좋습니다.

복수의 여신들에게

내가 그대들을 위해 더 해 줄 것은 없는가?

코러스장

당신은 들을 말은 다 들으셨습니다.

재판관들에게

당신들의 표를 던질 때에

자신의 마음을 살피고, 자신들이 한 맹세를 존중하기 바라오.

아테나

그럼 판결을 내리겠으니, 아테네의 시민들이여 들으라.

피를 흘린 사건을 재판하는 것은 그대들이 처음이다.

이곳은 이제부터 영원히 아이게우스 종족의 재판정이 될 것이다.[77]

---

77) "이곳", 즉 아레오파고스의 법정은 원래 국가의 문제를 다루는 귀족 원로원들로 구성
되었었다. 아이스킬로스가 이 극을 쓸 당시 민주주의 개혁에 의해 이 법정은 귀족이
아닌 시민들 중에서 '민주적으로' 제비를 뽑아 구성된 배심원(재판관)들로 이루어지게
된다. 또한 국가의 일을 다루는 왕의 원로원의 권위를 제외시키고 살인사건("의도적
인 살해, 상해, 방화, 그리고 신성한 올리브 나무를 훼손한 죄"(맥도웰 P. 27))을 다루
는 법정으로서의 역할로 축소된다.(메이네크/페이글즈/호간)
　아이게우스는 테세우스의 아버지이다. 아이게우스는 아들을 얻기 위해 신탁을 들
으러 갔다가 돌아오는 길에 들른 트로이젠에서 취중에 그 나라의 공주, 아이트라와
동침하게 된다. 그는 만일 아들이 태어나면 내 아들이라는 증표로 삼아 자신에게로
보내라며 무거운 섬돌 밑에 칼과 가죽신을 놓고 온다. 공주에게서 태어난 테세우스
('묻혀 있는 보물'이란 의미의 테사우로스에서 나온 이름)는 16살이 되자 무거운 섬돌

그 옛날 테세우스의 적, 아마존의 여전사들이 침략했을 때,

그들은 바로 이 '아레스의 바위' 위에 진을 쳤다.[78]

그들의 발아래 무너진 든든한 방어 벽 위에

새 성채를 쌓아올리고, 그들은 이곳을

전쟁의 신 아레스에게 바쳤으니

그 후로 이 바위를 '아레스의 바위'라 부르게 되었다.

나는 이 아레스의 언덕[79] 위에

을 들어 올리고 신표를 지니고는 아버지를 찾아 아테네로 온다. 아버지를 찾아오는 여정에서 많은 도둑들을 물리치는데 특히 프로크루스테스를 죽인 이야기는 가장 잘 알려진 것이다. 프로크루스테스는 나그네를 제 침대에 눕혀보고 침대보다 길면 잘라서, 짧으면 늘여서 죽였다. 남에게 억지로 강요하는 자신의 판단기준을 "프로크루스테스의 침대"라고 한다.(주 61) 참고)

78) 아티카의 전설에 의하면 아마존(Amazons)은 흑해 근방에 사는 여전사들(의 나라)로 아테네의 왕 테세우스가 침략해 와서 그들의 여왕 히폴뤼테(Hippolyte)를 납치해 간 데 대한 복수로 아테네에 쳐들어와서 아레오파고스에 있는 '아레스의 바위'를 점령했다. 결국 아테네는 아마존과 싸워 이기고 이들을 몰아내게 된다.(신화에 의하면 헤라클레스의 아마존 침략에 테세우스가 함께 했다는 설도 있다.)

역사적으로도 페르시아 사람들이 아테네를 공격했을 때 아레오파고스를 공격의 시발지로 삼았다. 전설과 역사적 사실이 종종 하나로 융화되어 이 극이 갖고 있는 이중적 시각을 암시하고 있다.(페이글즈)(주 50), 51), 52), 60), 61) 참고)

아마존의 여왕 히폴뤼테는 후에 테세우스의 아들 히폴뤼토스(Hippolytus)를 낳는다. 아내가 일찍 세상을 뜨자, 테세우스는 크레타를 공격하고, 새 아내로 크레타의 파에드라(Phaedra)를 데려온다. 파에드라는 전처의 아들인 히폴뤼토스를 사랑하게 되고 이로 인해 엄청난 비극을 몰고 온다. 계모와 전처의 아들 간의 부적절한 관계를 그린 파에드라 신화는 고대뿐 아니라 현대에도 연극이나 영화가 즐겨 다루는 모티프가 되고 있다. 라신느의 희곡 『파에드라』는 영화로도 만들어졌으며, 영화 <졸업(Graduation)>에서도 이 모티프가 나온다.

히폴뤼테와 테세우스는 셰익스피어의 희곡 『한여름 밤의 꿈(A Midsummer Night's Dream)』에도 등장하는데 멘델스존이 작곡한 "한여름 밤의 꿈"에서 이들의 결혼식 장면에 울리는 결혼행진곡은 오늘날 거의 모든 결혼식에서 사용되고 있다.

나의 법정을 세울 것이다.
경외심과 두려움이 이 바위에서 나와서
어두운 밤이나 밝은 낮이나
나의 시민들에게 영감을 줄 것이며
그들을 불의에서 지켜 주리라.
시민들은 법을 지지해야 하며,
어떠한 일탈도 있을 수 없다.
한번 더럽힌 우물에서는
결코 맑은 물을 퍼 올릴 수 없기 때문이다.

무정부 상태도, 독재자의 통치도 용납해선 안 된다.
시민들이여, 중용의 길을 택하되
결코 두려움을 버리지 말라.
두려움과 수치심이 없는 인간은
절대로 정의가 무엇인지 알 수 없을 것이다.
이 법정을 존중하고, 두려워해야 할 것이다.
이 법정이야말로 너희들을 지켜 줄
최상의 방어벽이기 때문이다.
펠로프스의 넓은 평야에 있든지,
스퀴티아의 거친 언덕에 있든지[80]

---

79) 아레오파고스는 "저주의 언덕"이라는 의미이나 전통적으로 "아레스의 언덕"이라고 해
석되어 왔다.(호간)
80) 스퀴티아는 흑해 근방의 지역. 펠로폰네소스와 스퀴티아는 문명인과 야만인의 상징으
로 언급되곤 한다.

성채가 튼튼할수록 도시가 안전하니,

법을 두려워하는 도시보다 더 강한 도시는 없을 것이다.

이 법정은 더러운 재물의 유혹을 용납치 않을 것이니,

부패하지 않을 것이며, 불의 앞에 지체 없이 행동할 것이다.

이 도시의 파수병이 되어, 자지도 않고 졸지도 않고

너희의 단잠과 안전을 지켜 주리라.

이 연설을 현재의, 그리고 다가올 세대의

내 모든 시민들에게 바친다.

각자 일어나 자신의 투표권을 행사하여 이 사건의 판결을 내리되

그대들이 한 맹세를 잊지 마시라.

한 사람씩 차례로 열 명의 배심원이
항아리에 투표를 한다.

코러스장[81]

경고한다, 우리가 함께 힘을 합쳐서 너희의 땅을 저주할 수도 있어.

우리를 모욕하지 않는 게 현명할 것이다, 절대로—

아폴론

그렇다면 나는, 내게 신탁을 내리신 제우스의 말을

다시 한번 깊이 새기라고 경고하겠다.

신탁을 열매 없는 헛된 것으로 만들지 말라.

---

81) 앞으로 나오는 아폴론과 복수의 여신이 주고받는 10개의 시(대사)는 10명의 심판들이 표를 던질 때마다 한 마디씩 하는 말로 보여진다.(메이네크)
　　아폴론과 복수의 여신들의 설전은 '신화속 정치적 중상모략'이라 말할 수 있다.(레벡<Anne Lebeck>) 복수의 여신들의 반론이 협박에 가까운 것도 사실이지만, 아폴론의 협박은 주된 견해가 없는 신화와 도덕적 둔감함이 결합되어 나타난다. 제우스의 익사이온에 대한 판단의 문제와 아드메토스에 대한 아폴론의 행동을 비난하는 그녀들의 반론은 신들의 진실함과 신빙성에 대한 의문을 제기하고 있다.(페이글즈)

코러스장

아폴론에게

당신은 헤어 나오지 못할 피의 사건들에 뛰어들어

허우적거리고 있군요.

당신의 집과 당신의 신탁은 더럽혀질 것입니다.

아폴론

그렇다면, 최초의 살인자 익사이온이

죄를 씻기 위해 찾아 왔을 때

그에게 성소를 제공한 것이

제우스신의 잘못된 판단이라는 말인가?[82]

코러스장

맘대로 말씀하시오.[83]

하지만, 만일 우리가 정당한 판결을 얻지 못한다면,

우리는 이 땅을 영원히 저주할 것이오.

아폴론

너희들은, 어린 신에서 나이든 신까지,

우리 모든 신들의 망신거리야!

너희들을 패배시키고, 내가 승리할 거야.

코러스장

페레스의 집에서 승리할 때처럼 말입니까?

운명의 여신들을 꾀어서 죽어야 할 사람을 살렸듯이 말입니까?[84]

---

82) 사실 제우스가 죄를 정화해 준 익사이온은 제우스의 아내 헤라를 유혹하는 죄를 다시
범한다.

83) Talk (on)! 또는 So you say로 번역된 복수의 여신의 답변은 거의 "You said it"(맞는
말씀! 말씀 잘하셨소!)과 같은 의미이다.(호간)

아폴론

뭐라고? 경건한 사람을 돕는 것이 불의란 말인가?

더구나 가장 곤경에 처했을 때 돕는 것이?

코러스장

당신은 오래된 질서를 무시한 채

당신보다 연장자인 여신들을 술로 유혹했습니다.

아폴론

너희는 재판에 질 거야－잠깐 후면.

독을 뱉어 보시지.

그래도 너희 적에게 아무런 해를 주지 못할 것이니.

코러스장

내게 이리도 무례할 수 있는가? 당신, 젊은 신이 이 연장자에게?

하지만 우선 판결을 기다리겠다.

우리의 분노를 이 도시에 쏟아낼지는 그 후에 결정하겠다.

아테나

이제 내 할 일은 마지막 판결을 하는 것이오.

그리고, 나는 오레스테스 쪽에 표를 던지겠소.[85]

---

84) 이 이야기는 에우리피데스의 『아르케스티스(*Alcestis*)』(B.C. 438)에서 자세히 그려진다. 아폴론은 외눈박이 거인 퀴클롭스(Cyclopes)를 죽인 벌로 제우스로부터 일년간 인간을 섬기라는 명을 받는다. 그 인간이 페레스(Pheres)의 아들, 아드메토스(Admetus)이다. 아폴론은 아드메토스의 극진한 환대에 대한 보답을 하고 싶었다. 그는 운명의 여신들을 설득하여 다른 사람이 대신 죽어 줄 경우 아드메토스가 죽음을 벗어날 수 있게 하였다. 그의 죽음을 대신해 줄 희생제물은 결국 그의 아내 아르케스티스였다.(신화에 의하면 후에 그녀는 페르세포네 혹은 헤라클레스에 의해 다시 살아나게 된다.) 복수의 여신들의 주장에 의하면 이때 아폴론은 운명의 여신들을 술로 취하게 한 뒤 설득하였다는 것이다.

나는 어머니에게서 태어나지 않았소.

그러기에 항상 아버지의 자녀일 것이니

난 결혼 외의 모든 점에서 남자들에게 경의를 표합니다.

그러므로 여자의 죽음을 더 중시할 수는 없소―

그 여자는 남편을,

한 집안의 혈통을 보호하는 가장을 살해하였소.

만일 표가 동수로 나오면 오레스테스가 승리한 것입니다.

이제 배심원 대표는 나와서

투표함 속, 표의 수를 확인해 주세요.

재판관들 나와서 투표함을 비우고,
표의 수를 세기 시작한다.[86]

오레스테스

아, 빛의 신, 아폴론이시여, 어떻게 평결이 나올까요?

코러스장

오, 밤의 신이여, 어둠의 어머니여! 보고 계십니까?

오레스테스

죽음의 올가미인가, 아니면 생명의 빛인가?

코러스장

우리의 멸망인가, 아니면 우리 권위의 재가인가?

---

85) 아테나 여신은 남자가 여자보다 더 중요하다는 아폴론의 주장을 받아들이고 있다. 따라서 오레스테스의 무죄판결은 "무죄냐, 유죄냐"의 문제가 아니라, 『아가멤논』, 『제주를 바치는 여인들』, 그리고 『자비의 여신들』로 이어지는 3부작의 쟁점 중 하나인, 남녀의 대립이 어떻게 해결되는가에 달려 있음을 알 수 있다.

86) 투표는 두 항아리 중 자신이 선택한 측의 항아리에 조약돌을 던지는 것이다.

아폴론

정의의 이름으로 공정하게 표를 분류하고

정확하고 신중하게 표를 세시오.

모든 잘못된 평결은 큰 재앙을 초래할 수 있으며,

한 표가 권세 있는 가문을 부활시킬 수도 있으니까.

아테나

양쪽 모두 똑같은 투표수가 나왔소.

이 사람은 살인의 죄목에서 벗어나 무죄임이 결정되었다!

오레스테스

팔라스 아테나여, 우리 가문을 구해 주셨군요!

저는 아버지의 땅을 빼앗겼습니다.

그러나 당신이 제게 제 집을 되돌려 주셨습니다.

그리스 사람들이 이렇게 말할 겁니다─

"그가 다시 살아났다.[87)]

그는 다시 아르고스 사람이 되어 아버지의 집을 되찾았으니

이는 아테나 여신과 아폴론 신,

그리고 모든 일을 섭리하시는 구원자 제우스 신의 은총이었다!"

제우스 신은 아버지의 죽음을 기억하시고

나를 어머니가 보낸 소송자의 손에서 구원해 내셨습니다.

이제 집을 향해 떠나면서 중요한 서약을 하겠습니다.

당신과, 당신의 땅과 당신의 국민들에게 맹세하건대,

---

87) "그가 다시 살아났다...." 이 부분에서 오레스테스는 『일리아드』의 헥터(Hector)의 말을
따라하고 있다. 그는 사실상 아들이 자신보다 더 훌륭한 삶을 살아 주기를 기대하는
아버지의 소망을 이룬 것이다.(페이글즈)

앞으로 영원히 우리나라를 통치하는 사람은

당신들에게 창을 뽑지 않을 것이요,

이 땅과 전쟁을 하지 않을 것입니다.

내 무덤 너머에서도 이 약속을 지킬 것이요,

맹세를 깬 사람은 우리의 혼이 저승에서 일어나

질책할 것입니다.[88]

이 땅을 쳐들어오는 군대의 행진을 막아 패망으로 이끌고,

흉조의 새를 보내 그들의 기세를 꺾으며

속죄와 후회의 길로 몰아내겠습니다.

하지만 그들이 이 맹세를 존중하고, 영원히

동맹의 창을 들어 아테나 여신의 땅을 예우한다면

나도 그들의 우호자가 되어 그들을 영원히 축복할 것입니다.[89]

이제 당신과 당신 도시의 사람들께 작별을 고합니다.

전쟁에서의 승리와, 당신의 통치의 강력함과,

든든한 창이 지켜 줄 안전과 승리의 날들이 늘 함께 하소서.

---

88) 오레스테스는 자신을 무덤에서도 자기 국민을 자신의 맹세에 묶어놓는 역할을 할 악
령 혹은 자비의 영으로 상상하고 있다. 이러한 영(靈)의 힘은 『제주를 바치는 여인들』
에서 아가멤논에게 기원하는 데서도 나타난다. 헤로도토스에서도 유사한 이야기가 나
온다. 스파르타 사람들이 테게아인들에게 패하자 어느 신을 달래야만 할지 델포이에
신탁을 들으러 전령을 보냈다. 피티아는 스파르타인들이 아가멤논의 아들, 오레스테
스의 유골을 고국에 데려와야 한다고 예언하였다. 스파르타인들은 결국 테게아 땅에
서 커다란 관을 찾아내고는 그 속의 유골을 스파르타로 옮겼다. 그리고 그 후부터 스
파르타는 테게아에게 승리를 빼앗긴 적이 없었다.(호간)
89) "내가 무덤 너머에서...내 혼이... 나도 그들의 우호자가 되어..."에서 '나'는 복수(We)로
쓰이고 있는데 이것은 왕이 자신을 높여 지칭하는 '짐'이라는 의미의 복수형태(the
royal We)이거나 아니면 오레스테스와 아버지 아가멤논의 영이 하나로 재결합됨을 나
타내는 것이다.(페이글즈)

오레스테스가 왼쪽 무대로 퇴장,
아폴론도 퇴장

스트로피 1

코러스(복수의 여신들)

당신들 젊은 신들은 옛 법들을 짓밟고 지나가,

우리의 손에서 그 권리를 빼앗아 버렸지.

우리의 명예는 더럽혀지고 기가 다 꺾이었으니

원한과 분노를 땅으로 쏟아 버리네.

고통을 끓여 만들어진 뜨거운 독,

분노로 끓어오르는 가슴에서 뚝뚝 떨어진 독,

대지에 스며들어

불모와 역병으로

이 땅을 오염시키리.90)

오, 정의의 여신이여! 정의의 여신이여!

죽음의 전염병이 이곳을 병들게 할 것이다.

아! 나는 통곡한다 — 어찌해야 하는가?

아테네 사람들에게 멸시 당하고,

견딜 수 없는 조소거리가 되었구나!

불운한 밤의 딸들이여,

---

90) 땅이 생산을 멈추고 황폐하게 변하는 불모와 역병은 전통적으로 신들의 분노의 결과
라 여겨졌다. 이제 복수의 여신들은 아폴론뿐 아니라 모든 젊은 신들로부터 멸시를
당하였으므로(짓밟혔으므로) 인간들을 공격할 뿐 아니라 인간의 땅, 대지마저도 저주
하겠다는 것이다.

그대들은 추방되었소,

그대들은 치욕을 당하였소!

아테나

　　　　　　　　　　　　　　　　　　　내 말을 들어 보라.

그대들은 패배한 것이 아니니 슬픔의 짐을 벗어 놓아라.

표수가 동등하게 나오지 않았던가?

정직한 판결이었으니, 누구에게도 불명예나 치욕이 아니다.

우리는 제우스신의 뚜렷한 증언을 들었으며,

예언의 신이 증거하였으니,

오레스테스는 그 행한 일로 처벌받지 않는다는 것이었다.

지금 그대들은 끓어오르는 노기로 이 땅을 위협하고 있으나,

분노를 삭히시라. 당신들의 흉포한 독으로 이 땅을 적시지 말라.

이 기름진 땅을 소산 없는 황무지로 만들지 말라.

정의의 여신에게 맹세하건대[91]

그대는 마땅한 존경을 받을 것이다.

나는 이 의로운 땅에 그대들의 신당을 만들어,

제단 곁 빛나는 왕좌에 앉힐 것이니

나의 백성들은 그대들의 명예를 높이고 예배할 것이다.

---

91) 또 다른 번역으로는 "내 모든 권리로 그대들에게 약속한다"로 되어 있다. 이 약속과
다음에 이어지는 아테나의 제안은 클리타임네스트라가 이전에 에리니에스에게 바치
던 제사, 즉 죽은 자들의 영에 합당한 희생제의를 제도화해 주는 것이다. 그러나 복
수의 여신들이 이 땅의 첫 소산과 열매를 주겠다는 아테나 여신의 제의를 받아들인
다면 그들은 죽은 자의 망령인 복수의 신일 뿐 아니라 재생과 부활의 영으로 위엄과
신성함을 함께 갖추게 된다.(페이글즈)

안티스트로피 1

코러스

당신들 젊은 신들은 옛 법들을 짓밟고 지나가,

우리의 권리를 빼앗아 버렸지.

우리의 명예는 더렵혀지고 기가 다 꺾이었으니

원한과 분노를 땅으로 쏟아 버리네.

고통이 펄펄 끓어 만들어진 뜨거운 독,

분노로 끓어오르는 가슴에서 뚝뚝 떨어진 독,

대지에 스며들어

불모와 역병으로

이 땅을 오염시키리.

오, 정의의 여신이여! 정의의 여신이여!

죽음의 전염병이 이곳을 병들게 할 것이다.

아! 나는 통곡한다 — 어찌해야 하는가?

아테네 사람들에게 멸시 당하고,

견딜 수 없는 조소거리가 되었구나!

불운한 밤의 딸들이여,

그대들은 추방되었소,

그대들은 치욕을 당하였소!

아테나

내 말을 들어 보라,

그대들은 치욕을 당한 것이 아니니, 분노를 다스리거라.

그대들은 신이다. 신의 힘으로 인간의 땅을 황폐케 하지 말라.

난 제우스신을 신뢰한다. 그리고 확실히 밝혀 두고 싶다.

제우스 외에 오직 나만이

그의 벼락을 봉해 놓은 저장소의 열쇠를 갖고 있다는 것을.[92]

그러나 그 열쇠를 쓸 일은 없을 것이다―지금, 여기에서는.

그 대신, 당신들을 설득하려 한다.

악의에 찬 칼날 같은 혀로 이 나라를 공격하거나

그대들의 저주로 이 풍성한 땅을 황폐케 하지 말라.

그대들은 이제부터 경외와 존경의 대상이 되어,

나와 함께 이곳에서 살 것이니,

쓰디쓴 분노의 검은 물결을 잠재워 진정시켜라.

이 도시는 풍요로우니, 그 첫 열매를

생명 탄생의 감사와 결혼 의식을 위한 예물로[93]

영원토록 먼저 너희에게 바칠 것이며,

그때에는 그대들도 내 말을 찬미할 것이다.

---

92) 아테나가 복수의 여신들을 협박하는 것은 아니다. 다만 설득이 실패할 경우를 위해
제우스의 벼락의 위력에 대해 상기시키는 정도로 보면 된다.(호간)
로이드 존스(Lloyd-Jones)는 이 말을 『트로이 여인들』에서의 아테나의 말과 비교하고
있다:
    그(제우스)는 약속하셨다. 내 손에 타오르는 번개를 주어서
    아카이아 사람들의 배를 태워 버리겠다고. (80-81)
93) 대지의 혼령들이므로 그들은 풍요, 즉 혼인과 자녀생산에 대한 감사 제물을 받게 될
것이다.

스트로피 2

코러스

내가 이 고통을 겪어야만 하나?
옛날의 지혜와 법은
이 나라 땅 아래 깊숙이 묻혀
오물처럼 욕을 당하고 멸시를 받았다!
남은 건 분노뿐,
분노의 숨결을 내뿜어라!
오, 분노!
오!…
아, 고통이여! 날 찌르는 고통,
옆구리가 찢기는 고통이로다!
아, 밤의 어머니여!
우리의 명예는 다 벗겨져 간 곳 없이 빼앗기고,
젊은 사기꾼 신들이 우리 늙은 신들을
흔적도 없이 만들었습니다!

아테나

그대들은 나의 연장자이니, 그대들의 분노를 받아 주겠다.
그대들은 세월이 가르쳐 준 더 많은 지혜를 가지고 있겠지.
그러나 나에게도 제우스신이 주신 지혜와 통찰력이 있어,
장담하건대, 그대들이 다른 나라로 떠난다면 분명
이곳 아테네를 그리워하게 될 것이다.
시간이 지나면 그대들의 명예를 다시 얻게 될 것이니

인간의 땅 그 어디서도
이 땅에서와 같은 대접을 받지 못할 것이다.
나의 백성들이 에레크테우스의 신전 옆,94)

당당한 왕좌에 당신들을 모셔 두고
세상에서 가장 훌륭한 예물을 드릴 것이며
예물을 드리는 온 백성의 신성한 행진이 끝없이 이어져
그대들은 영광을 누리게 될 것이다.
그러니, 원한의 돌팔매로 이 땅을 멍들이지 말라.
이 땅의 청년들의 혈기를 자극하여
잔인함의 술에 중독되고
피에 목마른 분노의 독에 취하게 하거나,
전쟁의 불길에 뛰어들어
젊음을 낭비하도록 저주하지 말라.
이 땅에서 동족상잔의 내란이 있어서는 안 돼.95)
우리의 전쟁은 외부의 적을 향한 것이니,
명성과 영광을 향한 우리의 갈증을 채워줄 것이다.96)

---

94) 에레크테우스(Erechtheus)는 아테네의 전설적인 왕으로 아크로폴리스에 신당이 있다.
그는 인간의 땅에서 태어나서 아테나 여신에 의해 길러졌다. 후세의 전설에 의하면
그는 파이돈의 아들이라 일컬어지며 전설 속의 왕이라기보다는 오히려 아테네 국가
의 자생적 신이었을 것이라는 설도 있다. 에리니에스에게 한 아테나 여신의 제의는
그들을 아테네의 토착신의 위치에까지 높여 주겠다는 것이다.
95) 아이스킬로스는 원래 "투계(싸움닭)의 잔인한 마음이 청년들의 가슴을 뛰게 하지 말
라"는 표현을 사용하고 있다. 이것은 투계는 자기들끼리 피를 흘리며 싸우는 특성을
가졌으므로 내란을 일으키는 성향을 말하기 위함으로 보인다.(호간)
96) 이것은 당시 스파르타와의 전쟁을 비유하는 것으로 해석하는 경우도 있다.(라티모어)

그러나, 싸움닭들처럼 자기들끼리 피를 흘리고

제 둥지를 더럽히는 새는

내가 저주를 내릴 것이다.

이것이 내가 제안하는 그대들의 새 삶이니,

결정을 하라.

선을 행하고, 선한 덕을 얻으며, 훌륭한 명예를 받아라.[97]

그리고, 신들이 사랑하는 이 땅의 권리를 나와 함께 누리자.

코러스

내가 이 고통을 겪어야만 하나?

옛날의 지혜와 법은

이 나라 땅 아래 깊숙이 묻혀

오물처럼 욕을 당하고 멸시를 받았다!

남은 건 분노 뿐,

분노의 숨결을 내뿜어라!

오, 분노!

오!...

아, 고통이여! 날 찌르는 고통,

옆구리가 찢기는 고통이로다!

아, 밤의 어머니여!

우리의 명예는 다 벗겨져 간 곳 없이 빼앗기고,

젊은 사기꾼 신들이 우리 늙은 신들을

---

97) "선한(위대한) 일을 행하라..." 이 부분은 죄를 지은 자는 벌을 받아야 한다는 인과응
보의 복수의 법(*lex talionis*)에서 '책임과 보상'이라는 문명화된 법으로의 변화를 말한
다.(페이글즈)

흔적도 없이 만들었습니다!

아테나

내가 하는 제안이 얼마나 유익한 것인지
지치지 않고 끝까지 설득할 거다.
나는 연장자인 그대들이
젊은 신과 이 도시 사람들에게
버림받고 추방당했다고
울부짖는 일이 없게 하겠다.

설득의 힘과 권위를 조금이라도 존중한다면,[98]
내 말에 위로를 얻을 텐데.
그대들의 맘이 마법에 매료되어
이곳에 머물도록 결정을 내릴 텐데.
부디 이곳에 머물러 주기를…
그러나 굳이 거절한다면,
그대들의 원한과 분노로 이 땅을 저주하고 파괴하는 것은
불법이며, 불의임을 잊지 말라. 왜냐하면 나는

---

98) '설득력(*Peitho*)'은 『오레스테스 3부작』에서 여러 모습으로 의인화되어 반복되어 나타
난다. 『아가멤논』에서는 코러스의 '설득력'으로, 그리고 클리타임네스트라가 보여 주
는 '유혹과 파멸의 힘'으로, 『제주를 바치는 여인들』에서는 오레스테스가 그의 적을
'속이고' 아가멤논의 '복수를 하는 힘'으로, 그리고 마지막으로 『자비의 여신들』에서
는 복수의 여신들을 '설득'하는 아테나 여신의 능력으로 각각 나타난다.
　　결국 '설득력'은 파괴적인 힘에서 변화하여 가장 동정심 많고 건설적인 형태로,
즉 강압적이거나 충동적인 힘이 아닌 이성을 사용하여 상대방을 변화시키고 마음을
얻을 수 있는 힘의 형태로 진보하고 있다. 이 설득력은 아테나 여신에게 특히 신성시
되는 정치적, 그리고 민주주의적인 힘이다.(페이글즈)

영원한 명예를 약속하면서

정의의 여신이 수여한 이 땅의 소유권을

그대들과 함께 하자고 제안하였고

그것을 거절한 것은 그대들이니까.

코러스장

아테나 여신이여, 당신이 말하는 내 집은 어디입니까?

아테나

고통과 괴로움에서 해방된 곳이다. 받아들이겠는가?

코러스장

받아들인다면, 어떤 명예가 날 기다리고 있습니까?

아테나

그대의 축복이 아니면 어떤 집도 번영할 수 없을 것이다.

코러스장

정말로 그렇게 하실 건가요?

정말 내게 그런 권한까지 주시는 건가요?

아테나

나와 그대를 숭배하는 자는 누구든지

우리가 복을 넘치도록 부어줄 것이다.[99]

코러스장

영원히 그리 하실 것을 약속하나요?

아테나

약속한다 ― 지키지 못할 약속은 약속이 아니다.

---

99) '복'은 이 극에서 prosperous/ be strong/ fatten으로 다르게 표현되고 있는데 모두 식물
과 가축이 풍성해지는 복을 말한다.(호간)

코러스장

당신의 마법이 작용하고 있나봅니다.[100]

내 속에 분노가 식어가고 있습니다.

아테나

마침내 되었구나! 그러면 이제

이 땅에 뿌리를 내리고 새로운 친구들을 얻도록 하라.

코러스장

내가 이 땅을 위해 어떤 노래를 불러 주면 좋겠습니까?

아테나

우리의 승리에 어울리는 평화의 노래를!

대지에서 추수하고, 바다에서 밀려오며

하늘에서 내려오는 축복을 노래하라.

바람의 신들이 불어주는 미풍이

하늘로부터 태양 빛을 싣고 와

이 대지 위로 흐르게 하며,

비옥한 땅과 풍성한 열매와 번성하는 가축으로

이 나라가 영원히 부강하도록 노래하라.

이 백성들이 새 생명의 씨를 뿌리고,

경건한 자손으로 키워, 추수할 때에

이 땅에서 정의로운 자들이 영화를 누리도록

축복하여라.

---

100) 위에서 아테나가 '설득력'의 마법(charm/ beguilement/ magic)이 복수의 여신들을 매료
　　시켜 맘을 변화시키기를 바란다는 말에 이어지는 표현.

나는 나무를 가꾸는 정원사처럼

이 땅에 선한 사람들을 키우며

그 고귀한 혈통을 슬픔의 역병으로부터 지켜 왔으니,

이제 이 일은 그대들의 몫이다.

나 아테나는 전술의 여신으로

명예를 위한 도전 앞에

내 나라의 실패를 허락하지 않을 것이다.

내 몫은 이 나라의 승리를 축복하는 것이니

아테네는 모두의 칭송을 받을 것이며

온 인류의 자랑이요 영광이 되리라.

스트로피 1[101)

코러스

팔라스의 땅에 머물도록 하겠습니다.[102)

신들의 수호자인 아레스와

전능한 제우스신이 다스리시는 이 도시의 명예를

더럽히는 일을 하지 않겠습니다. 이 도시는

그리스의 신전들을 지키는 파수꾼이니

모든 불멸의 신들에게 사랑을 받을 것입니다.

아테네 사람들을 위해 우리도 기도를 할 것이며,

---

101) 페이글즈는 이 노래를 부를 때에 '(복수의 여신들이 함께 모여 이제는 그들의 리더
가 된 아테나 여신의 주변을 돌면서 춤을 춘다.)'는 지문을 달고 있다.
102) 팔라스 아테나는 지혜의 여신으로서의 아테나를 일컫는 말.(앞의 주 53) 참고)

밝은 미래를 예언합니다.
풍요로운 삶이 기름진 이 땅에서 흘러나오고,
자비로운 태양 빛 아래에서 반짝일 것입니다.

아테나

이 축복을 기꺼이 너희들에게 내린다.[103]
나는 이 강인하고, 단호한 여신들을
이 나라 대지에 뿌리내리게 하노라.
그들에게 인간의 제반사를 주관하도록 맡기었으니
이것이 그들에게 주어진 새로운 권리다.
여신들의 준엄한 손길을 무시하는 자는
그의 인생 길에 불행의 회오리를 만나되
왜, 어디에서 오는지 알지 못할 것이다.
속죄 받지 못한 죄, 그의 조상들의 죄가
여신들 앞, 심판대에 드러나게 될 것이니,
그때에는 그의 모든 이생의 자랑이
무슨 유익이 될까ー소리 없는 파멸뿐,
위엄 가득한 분노가 그를
한낱 티끌로 날려 버릴 것이다.

안티스트로피 1

코러스

우리가 내려 줄 선물을 노래하자:

---

103) 아테네 사람들, 관객들에게 하는 말.

122

폭풍우가 나무를 넘어뜨리거나,

뜨거운 열기가 이 땅을 태워

싹을 멸하는 일이 없을 것이며,

곡식을 저주하던 병충해의 습격도

우리가 다 막아줄 것이다.

목양의 신, 판이104)

너희의 양떼를 축복하리니

건강하고 강한 새끼들을

두 배로 많이 낳을 것이다.

대지의 여신이

헤르메스의 감추어진 보물을105)

너희에게 주리니

신의 풍성한 선물을 찬양하라.

---

104) 판(Pan)은 염소의 뿔과 다리를 가진 음악을 좋아하는 숲, 목양의 신으로 헤르메스의
아들. 모친에 대해서는 페넬로페라는 전설 외에 다른 여러 설이 있다. 아르카디아에
서 출생하였다.
　　판이라는 이름은 범아시아(Pan Asia)에서 처럼 '전부'를 뜻하는 말에서 유래를 찾
기도 하지만 "먹이를 주는 자(He Who Feeds)"라는 의미이다. 판은 마라톤 전쟁에서
아테네를 도왔고 사람들은 그 보답으로 아크로폴리스 밑에 그의 신당을 지어 경배
했다.(주 11) 참고)
　　판이 적군을 물리치는 방법은 갑자기 큰 소리를 내어 상대방을 알 수 없는 공포
에 시달리게 하는 것이라 한다. 원인을 알 수 없는 공포, 공황을 나타내는 영어 패닉
(Panic)이라는 말이 여기에서 유래했다. 티탄들과 신들의 싸움에서도 그는 이 방법을
사용했다고 전해진다.

105) 당시 사람들은 헤르메스가 인간들을 땅속에 감추어진 보물로 인도한다고 여겼다. 이
것은 라우리움에 있는 아티카의 풍부한 은광(銀鑛)을 말하는 것 같다. B.C. 483년에
새로운 광맥이 발견되었고 그 재화는 B.C. 480년 아테네 함대가 살라미스 해전에서
페르시아를 격파하는 데 큰 밑거름이 되었다.(메이네크)

아테나

　아테네의 수호자들이여,106) 들었는가?

　이 여신이 이 도시에 가져올 축복을?

　하늘의 신들도, 땅 아래의 신들도

　복수의 여신의107) 권능을 알고 있다,

　어떻게 모든 인간에게 그 뜻을 행하며

　자신의 예언을 성취할지.

　어떤 이들에겐 기쁨의 노래를,

　또 다른 이들에겐

　눈물로 앞이 가리운 인생 길을 예비하리니,

　여신은 그의 정한 뜻을 행한다.

스트로피 2

코러스

　생명을 꺾는 어떤 살인적 손길도

　싱싱한 청년의 싹을 해치도록

　용납하지 않을 것이니,

　이제 사랑스런 소녀들은 제 짝을 만나

---

106) 배심원들을 일컫는 말. 그러나 다른 곳(주 103))에서처럼 관객들에게 하는 말이기도
　　하다.

107) 여기에서 여신들이 단수(Erinys/ Fury)로 되어 있는데 이것은 복수를 나타내는 단수
　　임. 이러한 지칭은 그들의 본성이 새롭게 '변화'되었다기보다 오히려 통합되고 새로
　　운 방향으로 전환되었음을 시사한다. 그들은 이제 노래와 눈물("기쁨의 노래와 눈물
　　로 앞이 가리운 인생")을 동시에 나눠 주는 역할을 하게 된다.(호간)

결혼의 기쁨을 맛볼 수 있을 것이다.

이 선물을 내려 주십시오, 결혼의 신들이시여!

이 혼례의 축복을 허락해 주십시오,

밤의 여신의 딸, 나의 자매, 운명의 여신들이여!108)

모든 가정의 운명을 주관하시는 분,

정의의 법이 바로 서도록

운명의 실을 잣고, 나누고, 자르시는 분,

모든 신의 존경을 받으시는 자매 여신이여

이 기도를 들어 주십시오.109)

아테나

들어 보라 내 나라여, 여신들이 기꺼이,

진심으로 빌어주는 축복을!

내가 영광을 받으니, 설득의 영에게도 감사 드린다.

---

108) 운명의 여신들(모이라이)도 복수의 여신들(에리니에스)처럼 밤의 딸들이다. 운명(모이라이/Moerae)의 여신은 세자매이다. 클로토(Clotho: 베를 짜는 여신)는 운명의 실을 잣고, 라케시스(Lachesis: 나누어주는 여신)는 분배하며 아트로포스(Atropos: 거역할 수 없는 여신)는 자르는 역할을 한다.

인간세계의 여성이 아기를 낳을 때가 되면 출산의 여신 에일레이튀이아(Eileithyia)는 꼭 모이라이 세 여신을 데리고 온다. 아기를 낳으면 클로토는 이렇게 말한다. "내가 너의 운명을 짜리라." 그러면 라케시스는 "미래의 실마리를 풀어 은혜를 나누어 주리라."고 말하고 아트로포스는 가위를 꺼내 보여주면서 "내가 모월 모일에 너의 운명의 실을 잘라 거두어 갈 것인즉 네가 거역하지 못하리라."고 한다.

109) 이제는 축복을 베푸는 자비의 여신, 에우메니데스가 된 복수의 여신들은 결혼을 축복하는 노래를 부르고 있다. 여기에서 결혼은 남녀간의 혼례 이상의 의미를 가진다. 그녀들의 노래는 『오레스테스 3부작』을 끝내는 화해의 정신을 노래하고 있다. 즉 올림퍼스 신들인 제우스와 헤라(혼인의 신)가 모권의 수호자인 운명의 여신들과 협동하며, 운명의 여신들은 밤의 여신을 같은 어머니로 둔 그들의 자매, 복수의 여신들과 연합하고 있다.(페이글즈)

여신들이 냉정히 타협을 거부했을 때
설득의 신이 나를 지켜, 내 입술을 인도하고,
내 혀를 훈련시켰다.
선한 심판자인 제우스신이 승리하셨다.
분쟁을 평화로 이끄시고,
양쪽 모두에게 영원한 선으로
승리케 하셨다.

안티스트로피 2

코러스

이 땅을 격분의 도가니로 몰아 넣고
황폐하게 만들어 버리며
서로를 물고 먹는 잔인한 내분이
결코 일어나지 않기를 기도한다.
시민들의 피가 이 땅을 적시는 일도,
살육이 살육을 낳는 일도 있어선 안 돼.
더 이상 피로 피를 갚는 복수는 없을 것이니
이 나라는 절대 파멸을 섬기지 않을 것이다.
이제는 즐거움으로 즐거움의 빚을 갚아 주자.
하나된 의지로 서로 굳게 사랑하고,
하나로 뭉쳐진 강한 정신으로 적을 미워하니
하나된 화합이 사람들의 고통을 치유해 줄 것이다.110)

아테나

들었는가, 복수의 여신들이 어떻게 축복을 노래하는지,

어떻게 우리를 선한 길로 인도하는지?

보았는가, 공포를 자아내던 그들의 얼굴에서

이 나라에 내려주는 복이 빛나고 있는 것을?

그들의 친절함을 친절함으로 갚아라.

그들을 영원히 공경하고

이 나라, 우리의 땅을

의로운 길로 이끌고 나아가라—

이 땅의 빛을 온 세계에 비추어라.

스트로피 3

코러스

기뻐하라,

기뻐하라, 운명의 신이 내려 준 축복을.

기뻐하라, 아테네 사람들아,

제우스신의 곁에 자리잡고[111]

---

110) 여기에서 '치유'는 모든 적대감을 외부의 적에게로 향할 때 생기는 치유를 말함.(호
간) 그러나 페이글즈나 호간과 달리 메이네크는 나름대로 새로운 아이디어로 번역
하고 있다:
　　친구와 적 모두를 위한 민주국가
　　모두가 하나된 화합의 정신은
　　전 인류의 고통을 치유해 줄 것이다.
111) 의로운 사람들은 신에게 더 가까이 자리잡고 있다는 생각에서 나온 말로 아테네인

사랑스런 처녀 아테나의 애정을 받고 있는

아테네여 —

팔라스의 날개 밑에 둥지를 지었으니

마침내 지혜와 분별력을 얻으며,

아버지 제우스의 자랑이 될 것이다.

무대 오른쪽에서 제물과 헌납할 선물을 들고
아직은 불이 붙여지지 않은 횃불과 붉은 색의
망토를 들고 한 무리의 여인들이 등장

아테나

그대들도 나와 함께 기뻐하라,

거룩한 빛을 비추고 충성스런 호위를 받으며

내가 그대들을 새로운 처소로 안내하리라.

저 아래 신성한 집으로,

희생물을 바쳐서 축복 받은 대지 아래로.112)

파멸은 그 줄기를 자르고,

이 나라의 번영을 키워내며,

승리의 씨앗을 뿌리는 곳으로!

아테네 사람들아,

바위 왕의 자손들아,113)

들이 의롭다는 의미. 플라톤의 *Philebus*를 인용해 보면, "옛 사람들은 우리보다 훌륭했고, 신들 곁에 가까이 살았다."고 하였다.(호간)

112) (주 67) 참고) 아레오파고스 언덕 밑 깊은 동굴에 "세므나이(두려운 자들)"의 신당이 있는데 이것이 복수의 여신들의 신당으로 언급되고 있다.(메이네크)

　　3부작은 복수의 여신들인 에리니에스가 이제는 자비의 여신들인 에우메니데스가 되어 아테네시의 새로운 성소로 성스런 행진을 하면서 끝나게 된다.

113) 바위 왕(the Rock King), 크라나우스는 토속 전설에 의하면 바위가 많은 아크로폴리

128

이 신성한 손님들을 인도하라.

저들이 너희에게 자비를 베풀었으니

너희도 저들을 따뜻이 공경하라.114)

안티스트로피 3

코러스

기뻐하라!

이 도시를 위해 다시 기뻐하라.

기쁨의 소리여 울려 퍼져라!

이 곳에 살고 있는 모든 분들이여,

아테나 여신의 나라를 지키는

쌍둥이 힘인 신과 인간들이여,

우리는 이 땅의 손님이니 우리를 공경하라:

자비의 여신들을 찬양함으로

당신들이 누릴 행운을 찬양하라.

스의 초기 정착민들의 왕이다.

114) 손님(guest) metics(*metoikoi*). 외국인 거주자를 일컫는 이 말은 문자 그대로 해석하면 '거처를 바꾼 사람들'이라는 뜻으로 아테네에서 일정한 권리와 특권을 누리던 외국인을 말함. 외국인에게 대한 특별한 권리를 허용하는 이 정책은 그리스 다른 어떤 도시보다 아테네에서 외국인들에게 더 관용을 베풀었음을 말해 준다.(페이글즈)

이들은 디오니소스 축제 시 진홍색 옷을 입고 제물로 드릴 꿀과 과자접시를 들고 행렬에 참여했다고 한다. 아테네가 복수의 여신들을 손님이라고 말하고 있고, 다음에 나오는 코러스(복수의 여신들)의 대사에서도 스스로 자신을 손님이라고 말하고 있기 때문에 비록 아이스킬로스의 원문에서는 확실히 알아낼 수 없지만, 이 극에서 자비로운 여신이 된 복수의 여신들은 붉은 옷을 걸치고 퇴장했을 것이다.

아테나

당신의 기도와 당신의 서약에 감사드리오.
당신을 타오르는 횃불의 밝은 빛으로 이 땅 아래 깊은 곳,
당신의 새로운 보금자리로 인도하겠소.
내 제단을 지키는 여시종들과 함께 가시오,
아테네의 심장부, 대지의 중심으로 가시오.

아테나를 시중드는 여신들,
붉은 옷을 들고 앞으로 나온다.

테세우스의 땅의 샛별 같은 눈동자여,
나의 화려한 행렬단, 어머니와 어린 딸들이여,
연로한 부인네들이여, 어서 와서
진홍색 옷을 여신들에게 입히고
횃불을 높이 들어 길을 안내하라.
그들을 찬양하라, 횃불이여 계속 행진하라!
이 땅을 밝게 비추는 이 선한 교제는
세대에서 세대로 인간의 강인함으로 꽃필 것이다.

복수의 여신들에게
진홍색 망토를 걸쳐주면서,
여인들 노래를 부른다.
횃불이 밝혀지고
두 번째 코러스가 행렬을 이끌 때,
무대 오른쪽을 지나
오케스트라 밖으로 인도된다.

스트로피 1

가십시다, 권능과 영광의 여신들이여,
영원한 처녀인 밤의 여신의 딸들이여,
그대들의 집으로 가십시다, 충성스런 호위를 받으며.
축복의 노래를 부르자, 이 땅의 백성들이여.

안티스트로피 1

깊이, 깊이, 대지 아래 오래된 동굴에서
우리가 제사를 지내고 공경하며 숭배할 것이니
축복의 노래를 불러라, 여기 모인 사람들이여.

스트로피 2

자비로운 여신들이여, 이 땅에 자비를 베풀어주소서.
오시옵소서, 엄숙한 여신들이여,
횃불이 밝혀 주는 밝은 길을 기쁨으로 소리치며 따라오소서
승리의 환호를 외치십시오,
축복의 노래를 함께 부릅시다.

아테나의 국민들과 외국인 손님 사이의
평화로운 관계는
영원히 지속될 것이다. 전능한 제우스신과
운명의 여신이 서로 손을 맞잡고 화합하였으니
이 거룩한 나라를 드높이자,
축복의 노래를 우리 다 함께 부르자.

모든 행렬이 무대 밖으로 퇴장할 때
나머지 배심원과 모든 배우들 퇴장.
아테나 여신만이 문이 닫힐 때까지
출입구에 계속 서 있다.[115]

— 끝 —

---

115) 페이글즈는 위에서 두 번째 코러스가 붉은 망토를 에우메니데스들에게 걸쳐주고 횃
불을 밝히고 노래할 때 행렬이 이루어진다고 지문을 달고 있다. 이 행렬은 모든 배
우들과 관객이 함께 어우러지며 아테나 여신이 그들을 극장에서 도시로 인도한다고
그리고 있다.

작품 설명

오레스테스 삼부작의 마지막 극인 『에우메니데스』는 오레스테스가 아폴론에게 죄 사함을 받았지만 여전히 복수의 여신들에게 쫓기는 것으로 시작된다. 그는 무죄인가 아닌가? 하나의 신성한 결정이 또 다른 신성한 의견과 충돌을 보이고 있다. 오레스테스의 운명은 이제 제 삼의 신인 아테나 여신에게 넘겨진다. 아테나 여신은 자신의 표를 보류하고 죽을 운명을 가진 인간들에게 그 판결을 맡긴다. 아테나 시민으로 구성된 배심원들의 표가 동점으로 나오자 아테나 여신은 결국 오레스테스의 편을 들어주게 된다. 이 판결에 원통해 하던 복수의 여신들은 아테나의 지혜로운 설득으로 아테네의 복을 빌어주는 자비의 여신이 되어 아테네 시민들의 제사를 받으면서 노여움을 풀게 된다. 삼부작과 아트레우스가의 비극은 이렇게 끝을 맺게 되는 것이다.

복수의 여신들은 누구이며 그녀들은 무엇을 의미하는가? 아폴론 신과 아테나 여신에게 나타나 당당히 자신들을 주장하고 있는 이 구세대 여신들을 통해서 아이스킬로스가 나타내고자 했던 바는 무엇인지를 이해하는 것은 중요하다.

삼부작을 살펴보면 아가멤논은 한 개인의 운명보다 훨씬 큰 일련의 사건들에 자신의 뜻과는 무관하게 연루된 신의 대리인이다. 아트레우스 아내의 유혹에서부터, 티에스테스의 자녀들의 살해, 이피게니아의 희생에 이르기까지 한편의 주장과 이에 대한 반박이 맹렬하게 계속되었고 살인은 또 다른 살인인 복수로 반복되어 악순환을 거듭하였다. 공공의 선과 정의는 결코 해결책이라고 볼 수 없는 개인적인 살인을 통해서 해결이 되어졌으며 이런 상황은 세상을 지배하는 신들이 참지 못할 지경에까지 이르게 된다. 이제 신들이 개입하여야만 한다. 논쟁자들과 그들의 행동을 충동시킨 본능적 욕구를 서로 화해시키고, 파괴적이지 않고 조화롭고 진보적으로 나아갈 수 있도록 각자의 자리를 찾게 해주어야만 하는 것이다.

삼부작의 첫 번째 두 드라마에 나오는 개인적인 동기의 이면에서 우리는 두 대립적인 세력간의 충돌을 살펴볼 수 있다. 신세대와 구세대, 남성과 여성, 그리스 문명과 야만과의 충돌이다. 그 이전에는 예언자의 눈을 통해서만 보여지던 신들이 에우메니데스에 이르면 어둠에서 밖으로 나와 무대에 자리를 잡음으로서 이런 일반적인 힘들을 관객들의 눈앞에 의인화하여 보여준다. 그러나 여전히 그들은 신이며 추상적인 존재였으므로 단순히 의인화된 힘들보다 훨씬 더 넓은 차원의 의미를 지닌다. 복수의 여신들은 아폴론이나 아테네 여신보다 나이가 많았고 그렇기에 그들은 어린아이처럼 유치하고 잔인하다. 어머니로서의 클리타임네스트라의 편에 선 그들은 자신들이 여성이었고 클리타임네스트라가 처음부터 고수해오던 여성의 주장을 대변하고 있다. 그리스에서 그들은 헬레니즘 이전의 미개 시기를 상징한다. 그들은 행동에 있어서 공정함과 엄격함을 추구하며 더불어 잔인함을 가지고 있었다. 이상에 반하여 사실을 강조하기에 오레스테스의 손에 피가 묻어있다는 사실을 왜 피가 묻어있게 되었는가 하는 이유보다 중요하게 여기고 그의 변명을 무시한다. 아폴론 신은 헬레니즘, 문명, 지성 및 개화, 등 복수의 여신들이 상징하지 않는 모든 것을 나타낸다. 그는 남성이었고 젊다. 복수의 여신들의 잔인함을 즐기기 위한 잔인함과 복수에 대한 갈망을 경멸하지만 아폴론 신도 복수의 여신들처럼 무자비하다. 이처럼 이 극에서는 신들의 사회가, 그리하여 전 우주가, 발전을 하기 위한 격변에 휩싸여 있는 것을 알 수 있다. 젊은 올림피아의 신들이 그들 자신의 미개한 과거와 싸우고 있는 것이다.

그러나 그들은 싸우다 전멸해서는 안 되는 존재들이었다. 막다른 골목에 처한 아폴론신은 거만한 태도로 모든 위협을 사용한다. 하지만 천성적으로 여성과 남성 사이를 화해시키는 아테네 여신은 아폴론신의 지성보다 한 단계 더 높은 지혜를 사용한다. 그녀는 오레스테스의 죄를 사해주고, 분노한 복수의 여신들에게 그녀들이 원하고 있는지도 몰랐던 선물, 신의 영역에서도 중요할 뿐 아니라, 문명화된 인간의 사회에서도 중요한 위치에 있는 장소를 선물로 주었다. 그곳에서 그녀들은 비록 외양을 자비로운 모습으로 바꾸었다해도 그녀들의 변하지 않는 근본적인 성격으로 인해 여전히 이 세상에서 큰 영향력을 행사할 것이다.

아이스킬로스는 이로써 새로운 도시는 구질서를 파괴하고 근절함으로써 진보하는 것이 아니라 그것을 흡수하고 사용해야만 한다는 것을 말해준다. 인간은 이성적 설명이 불가능한 복잡한 감정을 무시하고 지워버릴 수 없으며 그것을 억압해서도 안 된다. 바꿔 말하면 인간의 본성인 동시에 그 본성의 일부로서 분노를 가지고 있는 정의가 제대로 실현되고 효력을 발휘하기 위해서는 공포가 필요하다.

　이처럼, 오레스테스의 딜레마와 그 해결책을 통해서, 아트레우스가의 드라마는 커다란 진보의 우화처럼 변형되어진다. 아테네 여신이 복수의 여신들로 하여금 자유의지로 이 세상에서 새롭고 더 좋은 장소를 받아들이도록 하는데 성공을 거둠으로 인해서 초기 극들의 매우 효과적인 마력이었던 '설득(아첨)'이 좋게 나타내어진다. 오레스테스가 그 무대를 떠날 즈음에 그는 '그가 누구인가'보다는 '그가 무엇을 의미하는가'가 더욱 중요해진 하나의 쟁점이 되어있었다. 그가 떠나갈 때 무대에서는 마지막 남아 있던 인간성도 사라지며 또한 동시에 아테네의 이름 없는 시민들이 그들의 수호신들을 새로운 세계가 열리는 문턱으로 인도하면서 아트레우스가의 피로 더럽혀진 수많은 혼란스러운 관계들도 함께 해결되게 된다.

　이 마지막 극은 엄청난 사고를 필요로 하지만 무척 단순한 극적 구성의 틀 위에서 상연되도록 만들어졌다는 점이 특징이다. 『에우메니데스』와 『아가멤논』의 장엄함은 서로 다르다. 이제는 단순히 극을 보는 것이 아니라 그 우화적 의미를 이해를 해야 하기 때문에 기억 속에 담겨져 있던 서정적 상상과 형상들은 사라졌다. 마지막 장면은 오늘날까지 전해져 내려오며 보수적이지도 혁명적이지도 않은 위대한 인간의 지혜를 확실하게 보여주고 있다. 오레스테스 삼부작은 『에우메니데스』로 종결되면서 그 전에도 그 후에도 성공할 수 없었던 극적 상연의 규모상의 한계를 뛰어넘었다는 점에서 그 특별한 위대함이 있다는 평을 듣고 있다.

등장인물 분석

■ 코러스

이 극의 코러스는 후에 자비의 여신(에우메니데스)이 되는 복수의 여신들, 에리니에스로 이루어진다. 초기의 여신인 복수의 여신들은 늙고 혐오스러우며 무서운 모습을 하고 있다. 복수의 여신들은 어머니를 살해한 자를 끝까지 쫓아가 복수하는 신들이다. 복수의 여신들은 끝까지 복수의 대상을 쫓아가기 때문에 흔히 사냥개들로 비유기도 하고, 머리카락이 뱀으로 되어 있다 하여 뱀의 이미지로도 그려진다. 복수의 여신들로서의 에리니에스(Erinyes)는 끝없이 수를 더해가지만 옛 에리니스(Erinys) 망령은 하나였다. 그녀는 살해된 어머니의 망령이었다. 그렇기에 자신은 모르고 있지만 어떤 의미로 클리타이메스트라야말로 진짜 '뱀'인 복수의 여신이다.

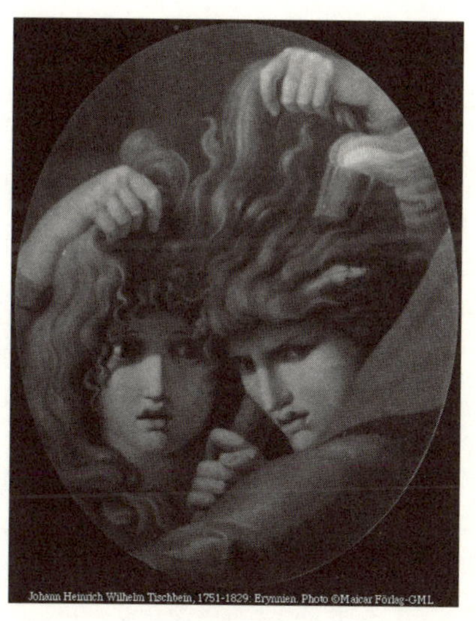

Johann Heinrich Wilhelm Tischbein, 1751-1829: Erynnien. Photo ©Maicar Förlag-GML

에리니에스

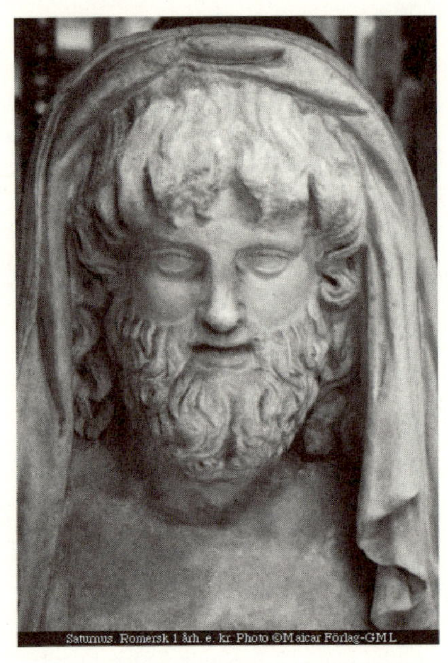

크로노스

제우스의 아버지 크로노스(시간의 신)는 어머니 가이아(대지의 여신)의 사주로 부친인 우라노스를 공격하여 거세하고 올림포스를 지배한다. 아들 크로노스에게 거세되어 피를 흘리며 우라노스는 "내 피는 물로써는 씻기지 아니할 것이니, 오직 피 아니면 사랑으로만 씻길 것이다"고 말했다. 이 때 우라노스(하늘의 신)의 피 속에 서린 정기 중 "피(원념)의 정기"가 가이아에게 떨어져 낳은 "피(원념)"의 자녀들이 "강한 자들"이라는 의미의 에리니에스(복수의 여신) 자매들이다. 아이스킬로스는 이 극에서 복수의 여신들의 모친을 대지의 여신, 가이아가 아니라 밤의 여신으로 바꾸고 있다. 이는 아마 이미 델포이의 초기 신으로 대지의 여신을 언급했기 때문인 듯 하다.

제우스는 구세대, 늙은 신들인 복수의 여신들을 추방자로 만들었다. 그 전에 크로노스가 부친 우라노스를 공격하여 그 자리를 빼앗았듯이 크로노스의 아들 제우스도 올림포스의 신들과 함께 티탄(巨神)인 아버지 크로노스를 공격하여 10년 간의 티타노마키아 전쟁을 통해 거신들을 무찌르고, 아버지를 다른 티탄들과 함께 사슬로 묶어 명부에서도 가장 깊은 무한 지옥인 타르타로스에 가두었다. 이로써 신들에게는 세

138

대교체가 일어난다. 제우스는 이 올림포스 신들 중 으뜸 신이다. 복수의 여신들은 구세대의 법을 전복시키고자 하는 이 신세대 신들에게 심한 증오를 느끼고, 모친을 살해한 오레스테스를 쫓는다. 그들의 일은 오레스테스의 변호자인 아폴론 신과 대결을 벌이는 것이다.

아폴론은 복수의 여신들을 악으로 규정짓고 있지만 그것은 그들의 본성을 너무 단순화 한 것이다. 분명 복수의 여신들이 야만적이고 잔인하며 혐오스런 모습을 하고 있다. 그러나 그녀들은 그들의 정의를 믿고 있다. 즉 모친살해와 같은 엄청남 죄를 범한 사람은 반드시 상응하는 벌을 받아야 한다는 것이다. 두려움은 무질서와 무정부상태를 방지하기 위해 반드시 필요한 무기라는 것이다. 두려움은 부끄러움처럼 그 내적인 힘으로 높이 인정된다. 또한 법과 질서를 유지하기 위해 인과응보(처벌)에 대한 두려움이 필요하다는 생각은 고대에 널리 퍼져 있었다. 악을 응징하는 것은 에우메니데스의 일이며 태초부터 그들의 본분이었다. 그들의 외모는 끔찍스럽다. 뱀의 머리카락을 하고 눈에서는 피가 흐르며 피부는 쭈글쭈글하고 부패한 냄새가 나는 숨을 내쉬고 있다. 아테나 여신은 젊은 세대에 속하는 신이지만 복수의 여신들이 진리의 중요한 면을 대표하고 있음을 알고 있다. 즉 복수의 여신들이 대표하는 보다 야만적이고 잔인한 과거는 제거될 수 없는 것이며 그보다는 새로운 질서와 화해를 이루어야 하는 것이다.

■ 오레스테스

아르고스의 왕 아가멤논과 클리타이메스트라의 아들. 오레스테스는 역사와 아트레우스가의 저주라는 무거운 짐을 지고 있다. 어머니로부터 추방당하고 부친의 자리를 상속받지 못하게 된 그는 살해당한 부친의 복수를 위해 귀향한다. 그는 아폴론의 명에 의해 어머니 클리타이메스트라와 그녀의 정부 아이기스토스를 살해한다. 부친의 복수를 함으로써 오레스테스는 그 나라의 정당한 왕권을 회복하지만 동시에 모친살해의 죄 값을 받으려는 복수의 여신들의 추적을 당하기 시작한다. 이 극은 오레스테스가 속죄함을 얻고자 도피처를 찾아 델포이의 아폴론 신전으로 오는 데서 시작한다. 그곳에서 그는 아네나이로 도망쳐서 아테나 여신이 주관하는 재판을 받게 된다.

■ 아테나

팔라스, 아테나 팔라스(지혜의 여신)라고도 불리는 아테나 여신은 제우스의 딸로 지혜와 정의로운 전쟁(아레스가 관장하는 유혈의 전쟁이 아닌), 그리고 전략의 여신이다. 제우스 외에 유일하게 제우스의 번개 불을 보관하고 있는 저장고의 열쇠를 가지고 있다. 또한 제우스의 방패인 아이기스를 나르는 역할도 아테나에게 주어졌다. 그리스 3대 비극작가의 고향인 아테네 국가의 수호신이며 아테네란 이름도 이 여신의 이름에서 나온 것이다. 그녀는 사랑을 느낄 줄 몰랐기 때문에 평생 처녀로 남아 있게 된다. 그녀의 신전인 파르테논은 '처녀신의 신전'이라는 뜻이다.

『에우메니데스』에서 아테나는 오레스테스의 유무죄 여부를 결정짓는 재판관이 된다. 그녀는 오빠 아폴론과 같이 이성적이며 지적인 젊은 신이지만 지혜에 있어서는 아폴론보다 위대하다. 여신의 로마식 이름은 미네르바로, 신목(神木)은 올리브, 여신의 새는 부엉이이다.

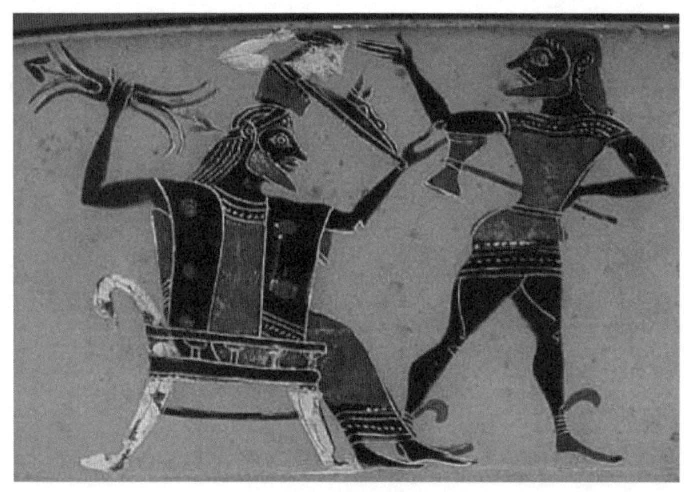

아테나의 탄생

아테나 여신의 탄생은 이 극에서 오레스테스 판결시 그녀의 결정에
도 영향을 준다. 그녀는 탄생할 때 어머니를 통하지 않고 갈라진 제우스
의 머리에서 완전 무장한 채로 뛰쳐나왔다고 한다. 제우스는 장차 태어
날 메티스의 두 번째 아이는 아들일 것이며 그가 태어나면 신정(神政)을
뒤엎을 것이라는 경고에 자기 아기를 임신중인 메티스를 삼켜버렸다. 메
티스(지혜, 지략)의 소생이 태어날 차비를 하자 제우스는 두통으로 뒹굴
었고, 헤파이스토스가 머리를 가르는 수술을 감행하자 다 자란 메티스의
딸 아테나가 완전 무장을 하고 제우스의 머리 속에서 뛰어나온 것이다.

■ 아폴론

포이보스 또는 록시아스라고도 불린다. 제우스와 레토 사이에서 태어난 아폴론은 음악의 신, 의료의 신, 진리의 신, 예언의 신이다. 아테나 여신을 제외하고는 제우스의 자녀이며 그의 형제들인 모든 다른 신들 중 가장 강력한 힘을 가졌다. 아폴론의 신전이 있는 델포이는 파르나소스 산기슭에 있다. 파르나소스 산은 올림포스 산과 함께 자주 그리스 신화에 등장하는 산으로 아프로디테의 신전도 그 곳에 있다. 델포이 신전은 아폴론이 부친 제우스의 뜻을 받아 신탁을 내리는 곳으로 신화에서 매우 중요한 역할을 하는 곳이다.

『에우메니데스』에서 아폴론은 오레스테스에게 어머니 클리타이메스트라를 죽여서 부친의 복수를 하고 아르고스의 정의를 회복하도록 명을 내린다. 그는 오레스테스를 끝까지 지지해 준다.

■ 클리타이메스트라의 망령

오레스테스와 엘렉트라의 어머니이며, 죽은 아가멤논의 아내의 망령. 그녀는 남편을 살해한 후 위엄과 권위, 잔인함을 보여주는 독재자로서 아르고스를 통치한다. 자녀들의 권리를 박탈하고 부친의 원수를 갚을까 두려워 아들 오레스테스를 국외로 추방시키나 그녀의 우려대로 삼부작 중 『제주를 바치는 여인들』에서 오레스테스는 아르고스로 귀향해 그녀를 살해한다.

클리타이메스트라의 망령은 이 극의 첫 부분에 나타나서 복수의 여신들을 일깨워 오레스테스를 쫓도록 한다. 이 망령은 원한과 증오로 가득 차 있지만 한편으로 동정심을 불러일으키기도 한다. 남편을 죽인 살인자이기 때문에 죽어서도 안식을 찾을 수 없으며. 죽은 자의 세계에서

도 멸시를 당하고 있다. 그녀의 유일한 희망은 복
수의 여신들이 자신의 원한을 풀어주는 것이다.

■ 피티아

아폴론의 여사제로 피티아는 델포이 신전에
서 영적 무아경 속에서 신탁을 받아 신의 계시
를 받고자 찾아온 사람들에게 예언을 해준다.

아폴론은 델포이에서 죽인 거대한 뱀, 피톤
(Python)의 이름을 따서 피티안(Pythian)이라고도
불리는데 피티아는 아폴론이 죽인 왕뱀 피톤의
아내이다. 제우스는 지아비를 잃고 슬퍼하는 피티
아를 불쌍히 여겨 인간으로 변신시킨 후 델포이
에 있는 아폴론의 신전을 지키게 했다고 한다.

델포이라는 말은 '자궁'이란 뜻이다. 피티아에
게는 델피네라는 별명이 있다. 델피네는 델포이의
여성형이다. 피티아는 땅속에
서 나오는 증기를 마시고 무
아지경에 빠진 채 아폴론의
신탁을 사람들에게 알려주었
다고 하는데 땅속은 대지의
자궁, 곧 델포이라는 의미와
다시 연결된다. 델포이에 있는

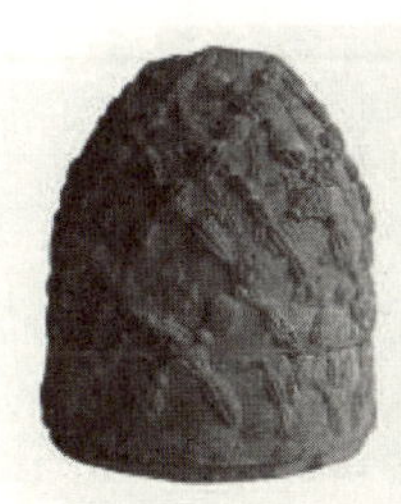

옴팔로스 석괴

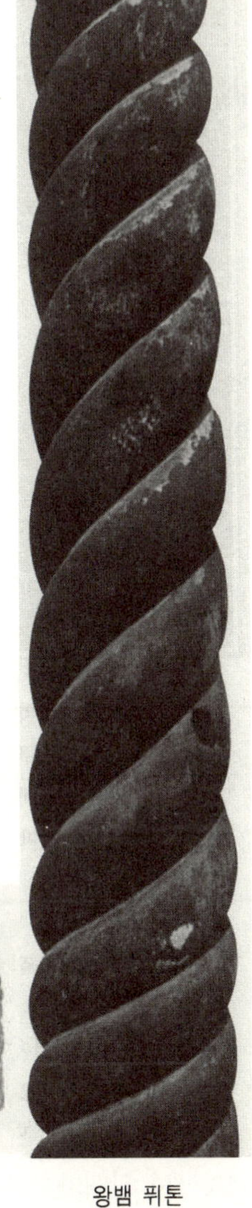

왕뱀 퓌톤

옴팔로스 석괴(石塊)는 대지의 배꼽이라는 의미로 세계의 중심을 뜻한다.

이 극에서 그녀는 맨 처음 등장하여 델포이 신전의 역사를 노래해 주고, 이전에 이 신전의 주재자였던 여러 신들에게 기도와 찬송을 올린다. 그리고 신전으로 들어가나 탄원자로 앉아 있는 오레스테스와 그를 쫓다 지쳐 잠든 복수의 여신들의 모습에 놀라 공포에 질려 기어 나온다. 아이스킬로스 당시의 무녀(피티아)는 적어도 쉰 살이 넘은 노파였을 것이다. 그녀는 새로운 젊은 체제에 대한 필요성을 상징할 수도 있고 시인 자신의 기력이 떨어짐을 반영하고 있다고 보여진다. 또한 네발로 어린애처럼 기어 나오는 시각적인 효과는 『아가멤논』에서 노인들이 강조하던 폭력과 공포 앞에 무기력함이라는 주제를 부각시킨다.

■ **두 번째 코러스**

아테네 여인들로 구성된다. 이 극의 종결부분에서 이 두 번째 코러스는 이제는 자비의 여신들 에우메니데스가 된 복수의 여신들을 지하의 새로운 처소로 인도한다. 그들은 아테나 여신이 복수의 여신들과 맺은 새로운 화해를 노래하며 이 일을 실현시킨 운명의 여신과 제우스를 찬양한다.

■ **헤르메스**

제우스와 님프인 마이마 사이에 태어난 아들. 신들의 전령사이며, 여행자들의 안내자이다. 흔히 날개 달린 샌들과 모자를 쓰고 전령사의 지

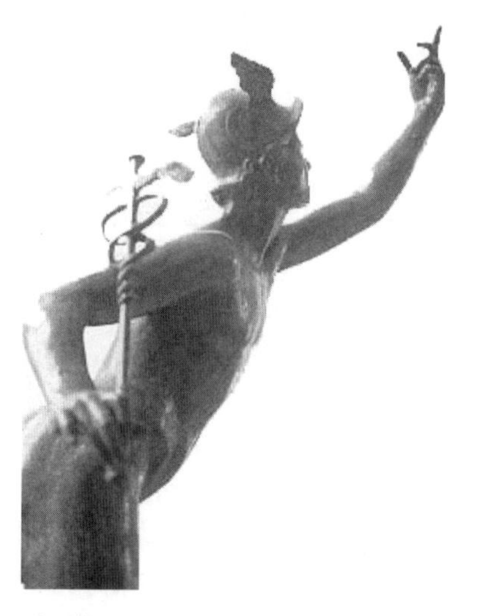

헤르메스

팡이를 든 잘생긴 청년으로 그려진다. 지팡이는 위에는 독수리의 날개가 있고 밑에 뱀이 기어오르는 모양을 하고 있는데 독수리와 뱀은 각각 헤르메스의 활동범위인 천상과 지상을 상징하는 듯하다. 또한 그는 죽은 자의 영혼을 하데스(저승세계)까지 안내하는 (그리고 아주 드문 경우 하데스에서 지상으로 다시 인도하는) 역할도 하고 있다. 그의 이름은 헤르마 또는 헤르마이온에서 나온 말로 '돌무더기의 신'이라는 의미를 가지고 있다. 돌무더기는 길의 이정표로 세워지는데 보통 이 돌무더기의 가운데에는 커다란 기둥모양의 돌이 중심을 잡고 세워진다. 죽은 자의 영혼을 명부로 인도하는 헤르메스의 역할은 여행자들의 길잡이라는 그의 기본 역할의 연장으로 보인다.

헤르메스는 이 극에서 대사가 없는 역할을 한다. 그러나 그가 무대 위에 등장해 있다면 그것은 오레스테스의 편에 선 또 한 명의 신이 있음을 보여주는 것이기도 하다. 아폴론은 헤르메스에게 아테네로 가는 오레스테스의 길을 인도해 주라고 부탁한다.

■ 12명의 배심원, 아테네 시민들

대사가 없는 역할.

에피소드별 내용 분석과 해설

■ 첫 번째 에피소드
─ 극의 시작에서 에우메니데스가 깨어나는 장면까지

극이 시작되면 장면은 델포이에 있는 아폴론 성전 앞이다. 아폴론의 여사제인 피티아가 이 성소에서 예언을 하던 성소의 주재신들에게 기도를 올린다. 처음은 대지의 여신, 그 다음은 테미스, 다음은 포이베, 그리고 네 번째는 아폴론 신이다. 아폴론은 이 예언자 신의 자리에 네 번째로 앉게 된 신으로 신들의 왕인 아버지 제우스의 대변자이다. 기도에서 알 수 있는 것은 예언의 자리는 전쟁이나 힘에 의하지 않고 항상 평화롭게 물려졌다는 사실이다. 여사제 피티아는 자신을 찾아온 이들에게 아폴론의 예언을 대언해 주는 사제로서의 일을 시작하기 위해 기도를 마치고 성소로 들어가지만 곧바로 무엇인가에 놀라 공포에 떨며 기어 나온다. 한 사나이가 탄원자의 자리에 한 손에는 피를 흘리며 다른 한 손에는 양모로 싼 올리브 나뭇가지를 들고 앉아 있는 것을 보았기 때문이다. 고르곤의 형상을 한 무리들이 그 사나이를 둘러싸고 있는데 그녀들은 혐오감을 주는 검고 주글주글한 얼굴에 눈에서는 더러운 진액이 흘러나오고 숨결에서도 악취가 풍기는 존재들이다.

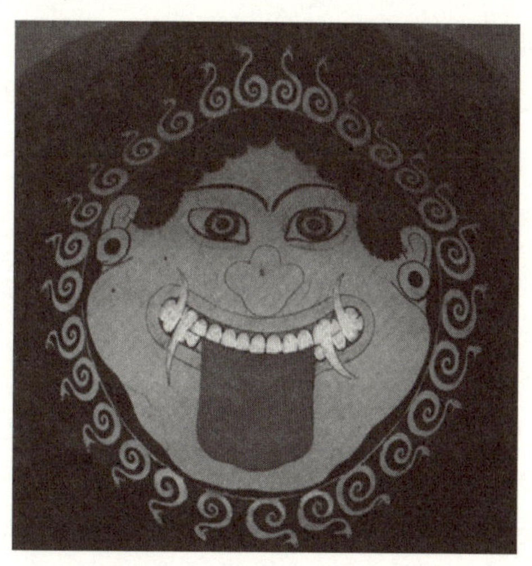

아테나 여신의 방패에 그려진 고르곤

　이 무리들은 잠에 빠져 있다. 피티아는 이 집의 주인인 아폴론이 이 무리들을 쫓아내고 성소를 깨끗하게 할 것을 믿으며 퇴장한다.

　성전의 문이 열리고 오레스테스와 잠들어 있는 복수의 여신들이 보인다. 아폴론과 헤르메스도 함께 있다. 아폴론은 오레스테스를 지켜줄 것을 다짐해준다. 복수의 여신들을 잠에 빠지게 한 것은 자신이라며 에우메니데스(에리니에스)들에게 강한 혐오감을 드러낸다. 그는 오레스테스에게 아테나 여신의 도시인 아테네로 가서 여신의 신상에 매달리라고 지시한다. 재판을 통해 죄를 씻게 될 것이다. 아폴론은 헤르메스에게 그를 인도해주라고 말한다. 오레스테스는 탄원자이니 제우스 신의 법에 따라 이 방랑자를 잘 보호해주라는 것이다. 그리스사람들은 탄원자의 권리를 무척 중시했다. 탄원자는 타인의 자비에 몸을 맡긴 사람으로 타인의 도움을 극도로 필요로 하는 사람이기에 그의 보호받을 권리와 대접받을 권리를 위반하는 것은 커다란 잘못이다.

헤르메스, 오레스테스 그리고 아폴론이 퇴장하고 클리타이메스트라의 망령이 등장하여 자신의 운명을 탄식한다. 망자들 사이에서도 그녀는 저주를 받고 있다. 어떤 신도 그녀를 보호해주고 있지 않지만 만일 복수의 여신들이 오레스테스를 뒤쫓는다면 복수를 할 수 있을 것이다. 그녀는 자신이 복수의 여신들에게 바쳤던 제물들을 상기시키며 그 모든 제물이 소용없는 것이었나 한탄한다. 그녀는 복수의 여신들을 깨워 오레스테스의 뒤를 쫓게 하려고 애를 쓴다. 오레스테스가 그들을 비웃으며 도망쳤다면서 아폴론은 그를 돕고 있는데 복수의 여신들은 그녀에게 도움을 주지 못한다고 비난한다. 클리타이메스타라의 망령의 재촉에 복수의 여신들은 잠꼬대를 하고 그녀들이 잠결에서도 오레스테스를 쫓고 있다는 것을 알 수 있다.

『자비로운 여신들/에우메니데스』의 중요한 주제 중 하나는 신, 구간의 갈등, 야만과 문명, 원시성과 이성간의 대조 및 충돌이다. 이 주제는 옛날 구세대의 신에서 새로운 세대의 신으로 세대교체를 하는 과정으로 나타나며 이 두 힘들간의 갈등은 이 극에서 결국 화해로 끝난다. 『에우메니데스』는 구세대 신에서 신세대 신으로 예언의 성전의 주인이 바뀐 과거사에 대한 이야기로 시작된다. 아폴론의 여사제 피티아가 드리는 기도는 바로 이 예언의 전이 어떻게 오늘의 아폴론의 성전으로 대불림을 하게 되었는지 그 역사에 대한 이야기이기도 하다. 아폴론보다 훨씬 늙은 고대 여신들이 예언자의 자리를 평화로이 물려준 것은 제우스와 그 이전의 신들인 티탄(巨神)들과의 전쟁을 통한 폭력적 자리물림과는 대조를 이룬다. 아이스킬로스는 고대 신들인 티탄들을 제거하고 젊은 올림포스 신들의 시대를 연 피비린내 나는 전쟁인 티타노마키아에 대한 대안을 제시하고 있는 것이다. 아폴론은 이 자랑스런 평화로운 자리물림의 네 번째 신이다.

이 극에서 코러스로 등장하는 에우메니데스 혹은 에리니에스는 고대 신들로 지하세계의 신이며 잔인하고 혐오스러운 모습을 하고 있다. 그녀들의 모습은 여 사제 피티아를 역겹게 하지만 아폴론도 그녀들을 혐오한다. 아폴론과 복수의 여신들은 서로 대조를 이루고 있다. 아폴론은 젊은 신이며 올림포스의 신들에 속하고, 이성의 신, 남성 신이다. 반면 에리니에스들은 잔인한 복수의 여신들이다. 그녀들은 늙은 구세대 신들이며, 여자인 점에서도 아폴론과 대조를 이룬다. 아폴론은 복수의 여신들을 파멸시킬 수는 없지만 이 극에서 그녀들을 제압하고 있다. 그는 그녀들을 잠에 빠지게 만든다. 모든 사람들이 그녀들의 사악함과 잔인함 그리고 추한 모습을 이야기하지만 아이스킬로스는 첫 장면에서 그녀들의 기세를 꺾고 있다. 관객이 본 그들의 첫 모습은 잠들어 있는 힘없는 어린아이들이나 노파들로 보인다. 그녀들은 상처 입기 쉽고, 지쳤으며, 그들이 꿈속에서 오레스테스를 뒤쫓으며 하는 잠꼬대는 왠지 우스꽝스럽게 까지 느껴진다.

클리타이메스트라의 망령은 원한에 차서 오직 복수에 집착하고 있다. 그녀가 망자의 세계에서조차 안식이 없이 비난받고 멸시와 외면을 당한다고 하소연할 때 측은함마저 느끼게 한다. 친아들에 의해 살해되는 자신이 당한 고통은 아무도 기억하지 않은 채 저지른 죄의 값만을 치르고 있는 처지를 설명하게 함으로써 아이스킬로스는 관객들에게 그녀가 저지른 남편살해뿐만 아니라 오레스테스의 모친살해의 죄를 상기시켜준다. 작가는 클리타이메스트라는 죄를 씻지 못하지만 오레스테스는 정죄함을 받게 될 것을 염두에 두고 있다. 비록 작가가 관객으로 하여금 그녀에게 동정심을 느끼게 하고 있다해도 그녀의 그런 운명은 바로 작가의 정의에 대한 생각을 보여주고 있다. 정의란 지나친 이해심과 연민은 금물이다. 클리타이메스트라의 죽음 속에서 질서는 회복되고 정당하고 합법적인 왕권의 계승이 이루어지게 되는 것이다. 클리타이메스트라에 대해 동정심을 갖는 것이 반드시 그녀가 원하는 것, 또 다른 피흘림을 원한다는 의미는 아니다. 복수의 여신들이 무력하기 때문에 망자들 속에서 모욕을 당한다는 주장도 합리성은 없다. 복수가 그녀를 지하세상에서 명예로운 자리로 회복시켜주지 않을 것이기 때문이다.

아폴론은 일단 오레스테스가 아테네에 도착하면 모든 일이 해결될 것을 약속한다. 단번에 그리고 영원히 그의 고통은 사라질 것이다. 아폴론의 이 약속은 오레스테스의 죄가 씻어질 것만을 뜻하는 것은 아니다. 아트레우스가의 저주가 끝나게 될 것을 암시하는 것이기도 한다. 올림포스의 신들은 인간들의 삶에 개입하여 오랫동안 계속돼 오던 폭력의 악순환을 종식시킬 것이다. 정화와 정죄는 이 극에서 다루는 또 다른 주제이다. 이것은 신과 인간들간의 협조, 그리고 신, 구간의 화해로 가능한 일이다. 마침내 폭력은 끝이 날 것이다.

■ 두 번째 에피소드

　─에우메니데스(복수의 여신)들이 깨어나면 다음 장면은 델포이에서 아테네로
　　바뀐다.

에우메니데스들이 깨어나 아폴론이 자신들의 먹이, 혈육을 죽인 자를 훔쳐갔다고 소리를 지르기 시작한다. 그녀들은 아폴론이 불의를 행

하고 있으며 오래된 법과 질서를 어기고 있다고 말한다. 오레스테스를 지지함으로써 올림포스의 신은 자신의 신전을 더럽히고 있다는 것이다. 아폴론이 다시 등장하여 복수의 여신들에 대한 자신의 혐오감을 노골적으로 드러내면서 성전을 떠나라고 한다.

복수의 여신들은 아폴론이 오레스테스에게 어머니 클리타이메스트라를 살해하라고 부추겼다고 말하면서 불의를 행한 것이라 비난한다. 이 살인죄의 책임이 있는 아폴론이 살인자에게 성소를 피난처로 제공하고 살인자를 찾아 벌주는 그녀들의 의무를 방해하고 있다. 아폴론은 클리타이메스트라의 죄를 묻는다. 그녀는 남편을 살해했다. 에우메니데스는 남편살해는 피를 나눈 혈족을 살해한 죄는 아니라고 답한다. 오레스테스는 혈족인 어머니를 살해했으므로 더욱 중한 죄인 것이다. 아폴론은 결혼의 서약은 성스러운 것이라며 부부의 인연의 신성함을 주장한다. 에우메니데스들이 한쪽의 죄만 벌주고 또 다른 죄는 묵과하는 것은 자신들이 정의롭다는 주장과 어긋나는 것이다. 오레스테스의 사건은 팔라스 아테나 여신의 재판으로 결정될 것이다. 복수의 여신들은 그 무엇도 그들이 오레스테스를 쫓지 못하도록 막지 못할 것이라고 단언하고 아폴론도 그만큼 강력히 오레스테스를 자신이 보호해줄 것을 주장한다.

이 장면에서는 늙은 구세대 신과 젊은 신세대 신들간의 충돌이 나타난다. 에우메니데스는 아폴론이 개입한 것은 늙은 신들의 권위와 힘에 대한 거부와 도전이라고 항의한다. 오레스테스의 죄에 대한 복수의 여신들의 주장도 아폴론의 클리타이메스트라의 죄에 대한 주장만큼 나름대로의 논리성을 가지고 있다. 그들의 생각의 차이는 그들의 본성을 잘 보여준다. 에우메니데스들은 혈육의 중요함을 강조하는 반면 아폴론은 결혼의 신성함을 강조한다. 나이 든 초기의 신들이 지지하는 아이와 부모간의 혈육관계는 짐승들조차 가지고 있는 보다 근본적이고 원초적인 인간관계이다. 부부간의 인연은 혈연관계보다 새로운 관계이다. 결혼제도는 문명의 소산이며, 사회적 구조이며 신세대의 신 아폴론은 그 제도의 신성함을 강조한다. 그는 이성과 문명의 상징이며 복수의 여신들은 원시적이고 원초적 원리의 상징이다.

아폴론은 늙은 에우메니데스들을 사악하다고 규정하지만 그것은 그의 본성이 그들의 본성과 화해할 수 없기 때문일 뿐이다. 그의 거부 반응은 이해할만하지만 유익한 것도 아니다. 복수의 여신들은 잔인하지만 그것은 그들의 본성이며 나름대로 논리적이다. 아폴론의 힘은 그들을 압도할 수 있지만 그들을 멸할 수는 없다. 이런 아폴론의 한계는 바로 문명과 이성의 힘이 원시적인 본능의 힘을 제거할 수 없는 것과 같다. 이 극의 끝에서 아테나 여신은 에우메니데스로 상징되는 원시적인 힘과 아폴론이 대표하는 이성과 문명의 힘을 화해시키게 될 것이다.

오레스테스를 두고 벌이는 논쟁은 한 인간의 죄, 무죄를 결정짓는 문제의 어려움을 보여준다. 아트레우스가의 역사는 살인과 폭력이 어떻게 통제 불가능하게 확대되어 가는지를 말해주는 한 예다. 법정의 도움이 없다면 정의를 행사하는 길은 복수이다. 이 극은 살인을 재판하기 위한 재판정을 세우는데서 끝이 난다. 문명과 이성은 폭력을 제어하고 정의를 분배하는 길을 열어줄 것이다. 신들과 인간들이 함께 제도를 만들어 살인죄를 저울질하고 재판하는 것이다.

■ 세 번째 에피소드
 ─ 장면의 전환부터 아테나 여신이 12명의 배심원들과 함께 등장하는 장면까지

　장면은 델포이의 아폴론 신전에서 아테네의 아크로폴리스에 있는 아테나 여신의 신전과 신상 앞으로 바뀐다. 오레스테스는 탄원자의 자리에서 아테나 여신의 신상을 붙들고 도움을 청하고 있다. 복수의 여신들 오레스테스를 뒤쫓아와 등장한다. 아테나 여신의 도움을 청하는 그에게 복수의 여신들은 어머니의 피의 값을 치르는 것은 오레스테스 자신의 피밖에 없다고 말한다. 그리고는 그가 치르게 될 고통을 말해주면서 그를 괴롭히고 지치고 겁에 질린 오레스테스는 자신을 변호한다. 자신이 어머니를 살해한 것을 부인하는 것이 아니라 자신의 처지와 아폴론이 그의 죄를 정화시켜 줄 것을 말해준다. 그는 아테나 여신이 어느 곳에 있든지 지금 그의 탄원을 듣고 있을 것을 믿는다면서 여신에게 자신을 보호해 달라고 간청한다.

　코러스는 긴 대답을 통해 오레스테스에게 그는 자신들의 먹이이며 올림포스 신들은 그를 보호해줄 수 없다고 한다. 에우메니데스들은 가장 원시적이고 오래된 정의의 형태이다. 피는 피로서만 속죄될 수 있다. 비록 제우스신은 그녀들을 추방했지만 죄를 지은 자를 벌하는 일은 세상의 시초부터 그녀들의 의무였다. 그녀들은 강하며 설득 당하지 않을 것이다. 피를 흘린 자는 분명히 죄 값을 치를 것이다.

　아테나 여신이 등장하여 오레스테스와 에우메니데스의 신원을 묻는다. 아테나는 혐오스런 외모에도 불구하고 편견 없이 복수의 여신들을 맞아주고 그들의 비통함을 귀담아 들어준다. 그러나 한편의 말만 듣고

는 진실을 알 수 없기에 오레스테스 쪽의 이야기도 듣겠다 하고 복수의 여신들은 이 사건을 아테나 여신에게 믿고 맡기겠다고 동의한다. 오레스테스는 자신이 탄원자가 아니라면서 자신의 죄를 이미 희생제물의 피로 씻었다고 말한다. 그의 이야기를 들은 아테나는 그의 권리를 인정하지만 동시에 에우메니데스의 입장도 인정한다. 이 문제는 여신이 혼자 판결을 내리기엔 너무나 어려운 일이므로 시민들 중에서 배심원들을 뽑아 재판을 하겠다고 한다. 이 재판은 앞으로도 영원히 살인 사건을 심판할 아테네 국가의 법정의 기초가 될 것이다.

코러스는 다시 노래한다: 만일 오레스테스가 자유의 몸이 된다면 새로운 신들의 법과 가치가 거짓임이 증명될 것이다. 두려움과 폭력은 정의의 일부분이다. 그리고 복수의 여신들은 죄를 범한 자들이 그 벌을 면할 수는 없을 것임을 확실히 한다.

에우메니데스들은 모든 그리스 비극의 코러스들 중에서 가장 흥미로운 코러스이다. 일반적으로 코러스는 시민들, 집안의 하인들 같은 온화한 방관자들이다. 코러스는 극에서 설명부분을 담당하며 아름다운 시를 노래한다. 이 극에서는 코러스는 오레스테스의 적대자로 등장한다. 자연을 노래하는 아름다운 시 대신 복수의 여신들은 죽음과 파멸의 두렵고 격렬한 노래를 부른다. 아이스킬로스의 『에우메니데스』는 전반적으로 특별히 낙관적인 작품이다. 인간과 신의 관계, 과거와 현재 간의 관계에 대한 강렬하고도 희망적인 비전을 제시하고 있다. 오레스테스 삼부작의 마지막인 이 극은 이 삼부작에 행복하고도 조화로운 결말을 맺고 있다. 그러나 아이스킬로스는 에우메니데스의 입을 빌어서 많은 어둡고도 강렬한 이미지를 전달할 수 있다. 낙관과 공포사이에서 이 극의 목소리는 균형을 이루고 있다. 극의 첫 부분은 공포가 지배하고 있지만 낙관과 이성이 후반부를 지배한다. 재판이 시작되는 장면은 이 극의 목소리가 바뀌는 전환점이 된다.

복수의 여신으로 구성된 이 극의 코러스에 대한 또 다른 흥미로운 점은 그들이 긴 구절 전부를 반복하여 노래한다는 점이다. 이것은 다양한 효과를 가져온다. 반복은 최면적 효과가 있고 으스스한 분위기를 고조시킨다. 그들이 오레스테스에게 하는 노래는 사냥의 노래인데 이 노래의 반복은 복수의 여신들의 격렬한 감정을 증폭시켜준다. 무언가 원시적이고 제의적인 면이 있기 때문에 복수의 여신들의 나이와 원시적 본능에 잘 어울릴 뿐 아니라 반복하여 노래할 때 그들은 보다 더 낯설고 비인간적이며 신화적인 존재로 느껴진다. 그들은 강렬하며 잔인하고 신비한 노래를 부르는 존재들로 보여진다. 그러나 이 극의 후반부에서 판결이 내려진 후 후렴으로 반복되는 그들의 노래는 이전과는 또 다른 효과를 가져온다.

이 극에서 에우메니데스들은 극의 행위에 없어서는 안될 중요한 요소이다. 그들이 없이는 이 극을 논할 수가 없다. 다른 비극작가인 에우리피데스(Euripides)의 경우는 물론이고 대부분의 소포클레스의 극에서 코러스는 극의 행위에 그렇게 필수적 위치를 차지하고 있지는 않다. 따라서 후대의 극작가들은 코러스를 제외하고도 그들의 극의 가장 본질적이고 중요한 극적인 플롯들을 가지고 극을 쓸 수 있는 것 같다. 그러나 『에우메니데스』의 경우는 다르다.

아폴론과 아테나의 복수의 여신들에 대한 태도의 차이는 흥미롭다. 아폴론은 그들을 혐오할 뿐이다. 아테나는 그녀들을 존중하여 주지만 오레스테스에게도 자신이 공정하게 판단할 것을 분명히 한다. 이 극의 중심주제는 상반된 힘들간의 갈등과 투쟁이며 그 힘이 어떻게 화해하는 가를 보여주는 것인데 아테나 여신은 바로 그 화해의 상징이다. 아테나는 여신이지만 동시에 전사이다. 아이스킬로스는 여신이 등장할 때 완전 무장을 하도록 하고 있다. 그녀는 아버지 제우스의 아들인 아폴론과 같은 신세대의 신이며 아폴론만큼 이성적이지만 늙은 복수의 여신들에게 동정심과 연민을 느낀다. 그녀는 여자이지만 어머니에게서 태어난 것이 아니라 아버지의 머리 속에서 다 자라서 완전무장을 한 모습으로 태어났다. 그녀는 지혜와 지략, 전술의 신으로 그녀의 판결 속에서 파괴적이기도 하고 창조적이기도 하다. 그녀는 그리스 사람들이 전통적으로 생각하는 남성성과 여성성을 동시에 지닌 신으로 그녀 자신이 화해의 상징인 것이다. 복수의 여신들은 아테나 여신의 말에 커다란 신뢰와 존중을 표하며 귀를 기울이는 것을 알 수 있다. 그들은 오레스테스 사건을 그녀가 공정히 판결해 주리라고 믿는 것이다.

정죄의 주제도 반복되어 나타난다. 복수의 여신들은 오레스테스가 여전히 어머니의 피로 더럽혀져 있다고 주장하고 오레스테스는 아폴론이 이미 그의 죄를 정화시켜 주었다고 주장한다. 탄원자들이 하듯이 아테나 여신의 신상을 붙잡고 있으면서도 여신 앞에서 자신은 탄원자가 아니라고 당당히 말함으로써 오레스테스는 자신의 무죄에 대한 확신을 보여준다. 이미 죄를 정화된 몸이지만 자신은 복수의 여신들을 떼어내기 위하여 여신의 도움을 청한다는 것이다. 아테나는 오레스테스가 반복해서 그가 깨끗하다고 말하지만 속죄제의로는 불완전하다고 생각하는 것 같다. 그의 속죄제는 아폴론의 신전에서 드린 것이며 아

156

폴론은 그가 탄원할 신이 아니다. 극이 첫 장면에서 아이스킬로스는 오레스테스가 아직도 죄가 정화되지 않았음을 상징적으로 보여주고 있다. 사제 피티아가 오레스테스를 보았을 때 그의 손은 피가 흐르고 있었다. 손에 묻은 피의 이미지는 『에우메니데스』에서 반복되는 이미지이다. 복수의 여신들은 계속해서 오레스테스의 손이 피로 더럽혀졌다는 사실을 들어서 그가 죄인임을 주장하고 있고 그가 등장할 때 손이 피로 물들어있다. 속죄의식을 치렀어도 그가 여전히 죄인임을 암시함으로써 작가는 인류의 발전에 새로운 단계가 필요하다는 것을 말해주고 있다. 옛 시대의 의식과 희생제의는 오레스테스의 죄 문제를 해결하는데 부적당하다. 이 문제를 한번에 영원히 해결하기 위해서는 재판정의 이성적이고 합리적인 방법이 필요한 것이다. 정의로운 법정의 판결에 따라 오레스테스는 그 죄에서 벗어날 수 있을 것이며 정죄될 것이다. 이성과 문명화된 제도가 아트레우스가의 피로 물든 얼룩을 씻어내고 그 저주 속의 초자연적인 힘을 끝낼 수 있을 것이다.

정의는 법정을 통해 이루어지겠지만 복수의 여신들은 정의의 중요한 한 면모를 상징한다. 아테나 여신이 배심원들을 선발하기 위해 퇴장하자 에우메니데스들은 그들이 이 세상에서 맡고있는 중요한 역할을 노래한다. 그들은 주장하기를 공포와 두려움은 정의의 한 부분이라는 것이다. 복수의 여신들의 권리를 부인하는 것은 무정부상태의 혼돈을 초래하는 것이다. 정의와 두려움사이의 관계는 이 극의 또 다른 중요한 주제이다. 아이스킬로스의 관점에는 두려움과 폭력, 그리고 처벌은 정의를 행사하는데 꼭 필요한 도구이다. 아테나 여신이 복수의 여신들을 아테네 도시의 판테온(모든 신들의 신전)에 받아들여 준 것은 이 사실을 인정함을 보여주는 것이다. 두려움과 폭력의 부정적인 측면은 그 힘들이 이성과 연민으로 다듬어지지 못한 채 오직 정의를 행사하는 도구로만 쓰일 때이다. 그 단적인 예가 바로 아트레우스가의 저주, 정의라는 이름으로 반복되는 복수행위이다.

■ 네 번째 에피소드
— 아테나 여신이 아테네 시민으로 구성된 12명의 배심원들과 함께 다시 등장하는 장면에서 판결문을 읽기까지

아테나 여신이 아테네 시민으로 구성된 12명의 배심원들과 함께 다시 등장한다. 그녀는 모든 시민들이 다 모여 이 재판을 공개적으로 볼 수 있게 트럼펫을 불게 한다. 앞으로 이 아레오파고스는 대대로 아테네 민주 법정의 모델이 될 것이다. 아폴론이 오레스테스를 보호하고 그를 위해 변론해 주기 위해 등장한다. 아테나의 주재 아래 재판이 열리고 복수의 여신들은 오레스테스가 모친을 살해했는가에 대해 심문한다. 오레스테스는 시인하면서도 그것이 어머니에 의해 살해당한 부친 아가멤논의 복수를 한 것이기 때문에 정당한 것이라 변론한다. 복수의 여신들은 오레스테스의 살인행위가 어머니 클리타이메스트라의 살인죄보다 더 중한 것은 그가 피를 나눈 혈육을 살해했기 때문이라고 비난한다. 이에 오레스테스는 대답을 하지 못하고 아폴론의 도움을 요청한다.

아폴론은 복수의 여신들과 맞서 오레스테스를 변호해준다. 그는 오레스테스를 정당화하기 위해 그 뒤에는 제우스의 동의가 있음을 암시

하면서 아르고스의 왕이며 용사인 아가멤논이 클리타이메스트라에게 어떻게 허망하게 살해되었는지 자세히 이야기해준다. 복수의 여신들은 제우스 자신이 아버지인 크로노스를 공격하고 사슬에 채워 지하세계에 가두었으면서도 아버지의 죽음을 어머니의 죽음보다 더 중요한 것으로 생각하는 올림포스 신들의 모순과 위선을 공격한다. 그러나 아폴론은 사슬은 풀어주면 되지만 흘린 피는 되돌릴 수 없다며 여전히 에우메니데스들에게 노골적으로 혐오감을 표현한다. 아폴론은 또한 어머니는 다만 아버지의 씨를 받아 양육하는 밭의 역할을 할 뿐이므로 자녀와 아무런 관계가 없다고 주장하면서 부친만이 진정한 부모임을 주장한다. 그는 어머니 없이 아버지만 있어도 자녀가 태어날 수 있다며 그 예로 어머니의 자궁 속이 아닌 아버지 제우스의 머릿속에서 튀어나온 아테나 여신을 지목한다. 그러므로 오레스테스의 모친 살해는 부친 아가멤논의 죽음과 관련된 정당한 복수임을 기억하라는 것이다.

아테나 여신은 양측의 주장이 다 끝나자 아테네 시민들에게 이 장소는 현재 뿐 아니라 앞으로 오고 오는 세대에도 여전히 정의의 법정으로 남아 있을 것을 선언한다. 여신은 시민들에게 무정부주의도 독재의 폭력도 다 멀리하라고 충고한다. 부패의 위험성, 그리고 법의 신성함을 주지시키면서 아테나는 두려움이 정의의 한 부분이므로 두려움을 갖으라고 말한다. 이 법정은 그녀의 시민들을 불의와 폭력에서 보호해주고 지켜주는 파수군의 역할을 할 것을 약속한다.

배심원들은 이제 이 사건에 대해 숙고하고 표를 던지기 시작하고 그 사이 코러스와 아폴론은 서로 번갈아 가면서 자신의 힘과 자신들의 뜻을 거역했을 때 받게될 불이익을 주지시키며 영향력을 행사하고자

한다. 아테나는 이런 위협에 동요됨 없이 자신이 어머니가 없이 태어났으며 자기는 늘 남성 편이었다고 말하면서 마지막 자신의 지지표를 오레스테스 쪽으로 던진다. 만일 열두 명 배심원의 표가 오레스테스와 에우메니데스에게 각각 동수일 경우 그녀의 열세 번째 표는 오레스테스의 운명을 결정지을 것이다. 오레스테스가 초조히 심경을 토로하는 동안 표를 세고, 아테나 여신은 배심원의 표가 동수로 나왔음을 선언한다. 오레스테스는 자유의 몸인 것이다.

아이스킬로스는 아테네 시민이었다. 아테네는 아테나 여신을 특별히 숭상하였다. 여신은 이 극에서 위엄과 지혜를 빛내고 있다. 그녀는 오레스테스의 문제를 그녀의 도시와 시민을 보호하고, 정의를 위한 새로운 법정을 세우는 기회로 삼는다.

아테네는 비록 제한된 선거에 의한 것이긴 해도 민주국가였다. 노예는 물론 여자들은 선거권이 없었고 비교적 소수의 남자 시민들에 의해 정치가 운영되었다. 이런 제한적인 민주정치에도 불구하고 아테네 사람들은 자기들이 주변국가보다 더 자유롭고 지혜로운 국민들이라는 자부심을 가지고 있었다. 그들은 한때 국가가 불안정한 시기에 독재정치 하에 있기도 했었지만 독재정치에 강한 불신감을 가지고 있었다. 아테네 국민들은 이성과 사고가 문제를 결정하는 가장 중요한 도구이며 그 결정들은 의회에서 가장 잘 이루어진다고 믿었다. 아테나 여신조차 오레스테스의 운명을 결정짓는 일이 자신의 손에 맡겨지자 12명의 배심원을 구성한다. 혼자의 결정보다는 여러 명의 결정이 더 지혜로울 수 있다고 생각했기 때문이다. 이런 여신의 결정은 아이스킬로스와 그의 시민들의 민주주의적 생각을 반영하고 있다. 아테나 여신은 아테나 시민들에게 이 재판을 참관하면서 정의가 어떻게 분배되고 이루어지는 바라보게 한다. 여기에서 무대와 실제가 병행하게 된다. 즉 무대 위의 아테네 시민들이 재판을 지켜보는 동안 무대 밖의 관객들인 실제 아테네 시민들이 관객석에서 이 재판이 이루어지는 연극을 바라보고 있기 때문이다.

이 장면은 잠시 후에 이루어질 초점의 전환을 암시하게 된다. 오레스테스는 이 극에서 더 이상 중심인물이 아니다. 그는 자신의 재판에서 거의 말을 하지 않는다. 그 대신 아폴론이 그를 위해 대변해준다. 재판에서의 공방과 충돌은 아폴론과 복수의 여신들인 에우메니데스 간에 이루어지는 것이지 오레스테스와 복수의 여신간의 싸움이 아님을 알 수 있다. 그 의미는 자명하다. 아폴론과 복수의 여신들은 그리고 그들이 대표하는 모든 힘들은 서로 상충하고 있다. 오레스테스의 성격은 이 극에서 그렇게 뚜렷하게 그려지고 있지 않다. 이 극은 주인공의 성격이 극의 갈등을 빚어내는 '성격극'이 아니라 힘의 갈등과 충돌을 그리고 있는 '힘의 극'이며 역사와 발전과 신화의 극이다. 오레스테스는 한발 뒤로 물러나고 아폴론에게 자신의 대변인이 되어 줄 것을 요청한다. 아폴론이 남성과 이성, 젊은 신세대, 그리고 문명을 상징한다면 에우메니데스들은 여성, 폭력, 늙은 구세대, 원시의 힘을 상징한다. 두 힘이 오레스테스의 운명을 놓고 대결을 하고 있다. 복수의 여신들의 말대로 이 재판은 오레스테스 한사람의 운명 이상의 것을 결정짓는 일이다. 이것은 어떻게 정의가 분배되는지 다가 올 후손과 미래 세대들에게 그 본을 보여주고 전례를 만드는 재판이 될 것이기 때문이다.

이 극에서 보여주는 논쟁은 아테네 사람들이 수사법과 웅변술, 그리고 논쟁의 기술을 얼마나 사랑했는지 보여주고 있다. 부친이 갖는 최고의 권리에 대한 아폴론의 주장은 분명 비과학적인 것이긴 하다. 그러나 그는 훌륭한 대중 연설가처럼 자신의 주장을 펼치고 있으며 복수의 여신들의 공격적인 반대심문에도 조금도 수그러짐 없이 힘있고 자신감 있게 대답한다.

비록 아테나 여신이 아폴론과 에우메니데스라는 두 적대적인 힘의 화해를 상징한다해도 아이스킬로스의 시각은 여전히 가부장적이다. 아테나 여신의 아름다움은 이 극에서 나타난 바와 같이 그녀의 남성적인 면에서 찾을 수 있으며 그녀 스스로도 주장하고 있듯이, 그녀가 늘 남성 편에 서있다는 데서 찾을 수 있다. 남성의 힘과 여성의 힘은 『오레스테스 삼부작』에서 내내 서로 대적하고 있다. 이 남성과 여성의 힘의 충돌은 『아가멤논』에서부터 『제주를 바치는 여인들』, 그리고 『에우메니데스』까지 지속적으로 나타나는 주제이다. 아이스킬로스는 이 삼부작에서 내내 남자의 힘을 옳고 정의로운 것으로 설정해 놓고 있다. 아가멤논과 오레스테스는 그들이 무슨 죄를 지었든지 관계없이 아르고스의 정당한 통치자이다. 반면 클리타이메스트라는 그녀의 정당성이 무엇이든지 그녀가 왕위에 오르려 한 것은 세상의 질서를 전복시키는 행위이다. 『에우메니데스』에서 신적인 여성의 힘은 여러 형태로 나타난다. 복수의 여신들은 고대(늙은 세대)의, 원시적인 그리고 여성적인 힘을 대표한다. 아폴론 신전의 여사제인 피티아에 의하면 이 신전이 아폴론의 신전이 되기 전까지 예언의 신의 자리는 대지의 여신에서부터 그녀의 딸에게로 이어지는 여성 신들의 신당이었다. 그러나 그 신전의 권위와 예언의 신의 자리는 아폴론에게 물려지게 된다. 복수의 여신들은 그녀들이 나이 많은 고대 신이 마땅히 누려야 할 존경에도 불구하고 젊은 제우스신에 의해 추방되는데 아폴론의 부친인 제우스는 자신의 아버지 우라노스에게 대항하는 10년 간의 티타노마키아(티탄과 올림포스 신들과의 전쟁)에서 티탄들을 물리치고 올림포스 신들의 시대를 열었으며 이로써 신들에게는 세대교체가 일어났던 것이다. 제우스는 이제 가장 강력하고 위대한 신이며 궁극적 아버지이며 신이 된다. 아테나 여신 속에서 남성과 여성의 본성이 조화를 이루어 공존하고 있다. 여신은 강력한 여성의 힘을 과시하지만 동시에 그녀는 그녀의 힘과 지혜를 남성의 권위를 옹호하는데 사용함으로서 인자한 모습을 드러내기도 한다. 그녀는 문자 그대로 아버지 제우스의 딸이다. 여자(어머니)의 자궁을 빌리지 않고 자라서 제우스의 머리를 가르고 탄생했기 때문이다.

아이스킬로스는 가부장적인 질서에 대해 의문을 던지는 것 같지는 않다. 작가는 그 질서가 옳고 바람직한 것이라고 생각하고 있다. 그는 여성의 힘과 권위를 인정하면서도 그것이 남성 위주의 질서에 부수적인 힘이어야 한다고 생각하고 있다. 독자들은 이런 작가의 견해에 찬성할 수도 반대할 수도 있을 것이다.

아이스킬로스는 그 시대를 살 던 사람이었다. 이 작품에 나타난 그의 세계관의 아름다움은 외관상 대립을 이루고 있는 힘들의 균형을 오히려 긍정적인 힘의 원천으로, 절망보다는 희망으로 받아들이고 있다는 것이다. 아테나 여신은 국민들에게 공포심와 정의는 나란히 함께 가는 것임을 기억하라고 말한다. 두려움은 질서를 유지하는데 필요한 요소이다. 아테나 여신의 두려움과 정의에 대한 이러한 충고는 그녀가 복수의 여신들에게 하는 제의를 예견해준다. 통합과 조화의 주제는 이 극에서 여러 단계로 보여지는데 아이스킬로스는 공포와 이성의 화합을 정의의 힘으로 보고 있는 것이다. 이것은 인간은 과거의 야만성, 원시적 힘과 에너지를 파괴하거나 말살하는 대신 화해와 조화를 이루며 살아야 한다는 주제로 발전된다. 복수의 여신들은 이 극의 끝에서 파괴되지도, 추방된 자로 영원히 버림받지도 않을 것이다. 그들은 아테나 여신에 의해 새로운 질서의 일부로 합체되고 융화될 것이다.

아테나 여신은 오레스테스를 지지한다. 그리고 배심원들의 판결 투표는 동수를 이룬다. 이 아슬아슬한 판결은 바로 아이스킬로스가 오레스테스 사건의 복잡함을 인식하고 있다는 것을 보여준다. 그리고 이 복잡함 때문에 정의의 행사를 위해서는 민주적인 법정이 필요한 것이다. 오레스테스 사건을 둘러싼 여러 복잡한 정황들은 한 사람, 한 신의 결정으로 해결되거나 판결될 수 없는 것이며 여러 사람들의 지혜를 필요로 하는 것이다. 아테나 여신과 배심원들의 집단적 판결은 한사람의 판결이나 또는 복수라는 원시적인 방법보다 훨씬 우월한 것이다.

■ 다섯 번째 에피소드
— 오레스테스가 아테나 여신에게 감사의 언약을 하는 장면에서부터 끝까지

오레스테스는 아테나 여신에게 진지하고 열정적으로 감사의 뜻을 표한다. 그는 그녀가 자기를 구해주었음을 알고 있다. 그는 아르고스가 영원히 아테나 여신의 도시인 아테네의 우방이 될 것이며 오레스테스는 사후 혼령이 되어서도 그 맹세를 지킬 것을 약속하고 자신의 나라 아르고스로 돌아간다. 그곳에서 그는 아가멤논의 정당한 후계자로서 그 나라의 왕이 될 것이다. 아폴론도 그와 함께 퇴장한다.

복수의 여신들은 젊은 새로운 신들이 옛 법과 나이든 신들을 짓밟고 웃음거리로 만들었다면서 판결에 분노한다. 그들은 이런 결정을 내린 이 땅에 저주를 내리겠다고 약속한다. 아테나는 설득의 힘에 의지하여 에우메니데스들과 함께 이치를 따지고 논의하기 시작한다. 여신은 투표의 결과는 동수였으니 그들이 수치감을 느낄만한 패배가 아니며, 공정하고 정직한 판결이므로 누구에게도 불명예나 치욕이 아님을 말한다. 그녀는 그녀들이 무시당하고 추방당한 것이 아님을 말하면서 아테네 도시에 그들의 처소를 마련해 주어 국민들이 그들을 위해 제사를 드리도록 할 것을 제의한다. 복수의 여신들은 그들의 말을 다시 후렴으로 반복하면서 분노와 저주의 노래를 한다. 그러나 아테나 여신은 동요되지 않고 그들을 설득한다. 여신은 자신만이 제우스의 번개를 보관한 곳의 열쇠를 가지고 있음을 주지시키면서 그렇게 힘을 가진 그녀지만 그리고 그녀의 뒤에는 아버지 제우스의 지지가 있지만 그걸 사용할 필요가 없다고 말한다. 아테네는 비옥한 땅이며 복수의 여신들은 그 땅의 소산으로 풍성한 제물을 받을 것이다. 그러나 복수의 여신들은 아테나의 말을 믿지 않는다. 그들은 아테네 사람들이 자신들을 친절히 받아주리라 믿지 않으며 추방자의 처지와 그들의 예로부터의 권리가 무시당한 것을 한탄한다. 아테나 여신은 그들의 분노를 이해한다며 또한 그들이 연장자로서 가지고 있는 지혜를 인정해준다. 그러나 자신도 지혜를 가지고 있다면서 이 도시는 위대한 미래를 가지고 있으니 만일 에우메니데스들이 아테네의 위대한 여신의 자리를 받아 평화와 선의를 배푼다면 그리고 이 나라를 전쟁과 유혈의 내란에서 지켜준다면 그들의 미래가 복되고 명예로울 것을 다시 약속한다. 그리고 여전히 불신과 분노 속에서 저주의 노래를 반복하는 복수의 여신들에게 아테나는 그녀의 제안을 받아들이는 것의 유익함을 끈질기게 이성적으로 설득한다. 증오와 파괴의 길을 택하지 버리고 아테나가 제안하는 평화의 자리로 자비로운 여신의 자리를 받아들이라고 말한다.

마침내 에우메니데스들은 아테나 여신의 제안에 대해 관심을 보이고 여신은 그들의 질문에 답해주면서 마지막 설득의 힘을 발휘한다. 그들은 안락한 그들의 신당을 갖게 될 것이며 사람들의 복을 비는 권위와 힘을 가지게 될 것이다. 사람들은 그들에게 복을 구하며 그들에게 경배할 것이다. 복수의 여신들은 믿어지지 않는 이러한 너그러운 제안에 놀라워하며 그들의 불같던 원한과 분노가 수그러져 감을 느낀다. 그리고는 아테나 여신에게 그들이 이 도시를 위해 어떤 복을 빌지를 묻는다. 여신은 아름다운 노래로 평화와 하늘로부터 내려오고 땅에서 흘러나오는 영원한 축복의 땅을 묘사해준다. 마침내 복수의 여신들은 아테나의 제안을 받아들이고 여신의 옆자리에서 아테네의 유익을 보호해주며 승리와 번영을 위해 기도할 것을 약속한다. 아테나는 다시 한번 복과 저주를 나누어주는 권위를 가진 그들을 지위를 설명해준다. 아테나와 에우메니데스들은 서로 응답형식으로 노래한다. 아테나는 복수의 여신들의 마음을 다스려준 "설득"에게 감사를 드리고 복수의 여신들은 반복하여 아테네 땅을 축복한다. 복수의 여신들의 목소리는 이제 부드러워지고 그들의 언어는 평화와 자비와 사랑에 관한 노래로 바뀌었다. 아테나는 에우메니데스들을 아테네 대지 아래 마련된 그들의 새로운 집으로 인도하라고 명한다. 그곳에서 그녀들은 이 땅의 행, 불행을 주관하게 될 것이며 이 도시의 수호신으로 살아갈 것이다. 아테나 여신을 시중드는 여인들인 두 번째 코러스가 그들의 여신이 이 나라에 가져온 화해과 조화를 노래하면서 횃불을 들고 에우메니데스들을 새로운 처소로 안내한다. 코러스들은 이 모든 일은 운명의 여신과 제우스신의 듯을 따라 이루어진 것임을 노래하면서 극이 끝이 난다.

오레스테스는 판결이 끝나자 무대를 떠난다. 극의 거의 사 분의 일 동안 그는 무대 위에 부재한다. 그의 이름을 붙인 삼부작 『오레스테이아』는 오레스테스 없이 막을 내리는 것이다. 삼부작의 마지막 극인 『에우메니데스』는 삼부작의 다른 두 극과는 전혀 다르다. 앞의 두 극을 지배하던 여러 층의 상징들, 즉 뱀, 독사, 그물 등의 상징이 더 이상 존재하지 않는다. 보다 더 위대한 힘을 상징하는 신들이 있지만 더 정확히 말하면 이 극에 나오는 신들은 이런 상징들을 구현하는 인물들이다. 아이스킬로스에게 있어서 신들은 추상적인 힘이면서 동시에 실재하는 인격체를 반영하기도 한다. 또한 그리스 비극은 『오이디푸스왕』이나 『안티고네』 또는 『메데이아』만 접해보았던 독자들은 이 극의 결말이 뜻밖일 것이다. 오레스테스 삼부작 중에서 앞의 두 극만 알고 있던 독자들에게도 마지막 극인 『에우메니데스』의 결말이 뜻밖일 것이다. 삼부작의 결말은 해피엔딩 이상의 의미를 가지고 있다. 아름답고 서정적이며 위대한 미래를 바라보는 낙관적인 결말이다. 놀랍고 아름다운 운명이 오레스테스와 그의 왕국 아르고스, 아르고스와 아테네의 우정, 아테네 국가, 그리고 에우메니데스을 기다리고 있다. 삼부작의 범위가 더 확대된 곳까지 열려진 것이다. 오레스테스는 퇴장하고 이제 아테나 여신과 복수의 여신들이 새로운 미래의 문을 두드리게 된다.

복수의 여신들의 반복해서 노래하는 경향은 재판의 판결이 내려진 후에는 새로운 의미를 가진다. 그들은 처음에는 분노에 사로잡혀 그 이상을 볼 줄 모른다. 아테나의 강력한 논리에 그들은 단지 협박과 오래된 원한과 비탄만을 반복할 뿐이다. 이런 반복되는 후렴은 복수의 여신들의 마음과 생각이 무엇인가에 사로잡혀 있는 것을 드러내 주는 솔직함이기도 하다. 그녀들은 아테나 여신이 가지고 있는 생각의 유연함이 없다. 아테나가 그들과 이성적으로 논의를 하고자 할 때에 그들을 설득하기는 수월하지 않다. 복수의 여신들은 아테나의 논리가 그들을 감동시키기까지 반복하여 그들이 당한 치욕과 배반감 그리고 분노를 노래할 뿐이다. 그러나 아테나는 인자하다. 그녀는 구세대이며 연장자인 에우메니데스들이 지니고 있는 지혜를 인정한다.

설득(Peitho)은 『오레스테스 삼부작』에서 여러 모습으로 의인화되어 반복되어 나타난다. 클리타이메스트라와 오레스테스, 그리고 아테나 여신이 사용하는 설득은 그 의미가 다르다. 『아가멤논』에서 클리타이메스트라는 아가멤논을 살해하기 위한 유혹과 계략으로 설득력을 사용하고 있는 반면, 『제주를 바치는 여인들』에서는 오레스테스가 그의 적을 '속이고' 아가멤논의 '복수를 하는 힘'으로 사용된다. 그러나 삼부작의 마지막 극인 『에우메니데스』에서 설득은 아테나가 복수의 여신들의 원한을 달래고 화해시키는 여신의 능력으로 나타난다. 설득과 공포의 오용이 수정되는 것이다. 공포는 정의의 도구로 변화된다. 설득은 이전의 파괴적인 힘에서 가장 동정심 많고 건설적인 형태로, 즉 강압적이거나 충동적인 힘이 아닌 이성과 화해의 힘이며, 상대방을 변화시키고 마음을 얻을 수 있는 외교적인 힘으로 진보하고 있다. 이 설득력은 아테나 여신에게 특히 신성시되는 정치적, 그리고 민주주의적인 힘이다(주 99) 참고).

복수의 여신들을 새로운 질서 속에 성공적으로 편입시킴으로써 아테나는 구세대 신들과 과거의 법을 짓밟고 모욕하는 젊은 세대의 신들의 위협에 마침표를 찍고 있다. 아폴론은 이 극 내내 복수의 여신들에 대한 혐오감과 경멸을 자제하지 못하고 있음으로써 오레스테스와 한편을 이루어 분노를 발하고 있다. 복수의 여신들이 진리의 중요한 한 요소를 구현하고 있다는 것을 인식하는 지혜를 가진 신은 아테나 여신이다. 그들은 아테나와 아폴론이 태어나기 이전부터 존재했던 신이며 그들 나름의 지혜를 가지고 있다. 아이스킬로스의 세계관에 의하면 그들의 잔인함과 힘은 질서를 유지하는데 필요한 요소이다.

오레스테스 삼부작에 나타난 통합은 동일한 힘들의 융화가 아니다. 이 극에 나타난 여러 상충되는 힘들, 남/여, 신/구, 원시적 힘과 이성적 힘들은 극의 말미에 화해로 이끌어지지만 대부분의 경우 하나의 힘이 다른 힘에 종속된다. 여성의 권력이 남성의 권력을 지지하고 그에게 종속되고, 구세대와 옛 법이 젊은 세대와 새로운 법에 길을 내어주며, 원시적인 힘이 이성적인 신들의 전에 마련된 처소를 받아들인다. 그러면서도 여전히 어떤 힘도 완전히 말살되지 않는다. 종속적인 힘들은 새로운 질서에 필요한 힘들이며 새로운 질서는 원시적 과거와의 화합에 의존하고 있다. 복수의 여신들은 젊은 아테네 국가의 강력한 우방이 될 것이다. 그들은 아테나 여신의 제안을 받아들인 후 눈에 띄게 변화된다. 그러나 그들의 내면의 핵심에는 여전히 인간들의 마음속에 두려움을 일깨우는 잔혹함과 능력을 가지고 있다.

아이스킬로스는 자기 조국을 찬양하고 운명의 여신과 제우스신에게 찬사를 바치며 극을 끝낸다. 삼부작은 아테네의 위대한 운명에 대한 약속으로 끝을 맺는다. 이 도시의 힘은 원시성과 이성, 폭력과 온유함이 나란히 화합하여 함께 하는 조화에서 나오게 될 것이다.

　두 번째 코러스인 여인들은 제우스와 운명의 여신이 복수의 여신과 아테나 간의 화해를 인도했다고 노래한다. 우리는 신들의 뜻을 이해하도록 태어났다. 목적론을 만들어야 하는, 혹은 인간의 언어로 신들의 뜻을 설명해야 하는 강한 욕구는 삼부작의 중요한 테마이다. 아트레우스가를 묶어놓았던 모든 사건들은 마지막의 승리로 귀결된다. 삼부작은 아트레우스가의 사람들이 어떻게 문명의 진보에 한 부분으로 참여하고 있는지 설명하고 있다. 세대에서 세대로 이어지던 잔인함과 폭력의 악순환은 신들이 개입함으로 막을 내리게 된다. 이 잔인함을 끝내기 위해 아테네에 최초의 살인 법정이 서게 된다. 우리는 아트레우스가의 초기 비극이 희망적이고 조화로운 새로운 질서로 가기 위한 보다 큰 계획의 일부임을 알아야 한다. 아이스킬로스는 역사 속의 신화적인 순간과 의미를 포착하여 극 속에 재현하고 있다. 즉 야만적이며 케케묵은 과거의 법과 가치관 그리고 그리스 문명의 대담하고 새로운 질서, 신세대 올림포스 신들과 이성 사이에서 갈팡질팡하고 있는 세상을 그리고 있는 것이다. 이 두 세계 사이에서 받는 고통이 아트레우스가의 폭력의 순환으로 그리고 늙은 복수의 여신들과 신세대 아폴론 신과의 충돌로 극화되고 있다. 삼부작인 『오레스테이아』는 초기 문명의 성장 진통에 관한 이야기로 해석할 수 있다. 결국 새로운 것이 오래된 낡은 것을 파괴하는 대신 통합하게 된다. 신들의 도움을 받아서 젊은 세대들은 구세대와 화해하게 된다. 아트레우스가에 내려진 저주와 여러 비극들을 속에서 운명의 여신은 더 풍성하고 더 심오한 질서를 키워냈으며 인간과 신 모두를 강인하게 하고 문명화시키고 있다.

작품 이해를 위한 질문

1. 복수의 여신은 오레스테스의 내부에 있는가 그의 외부에 있는가? 아니면 그 양쪽에 다 있는가? 그들이 어떤 종류의 영감을 나타내는지 생각해 보라.

2. 복수의 여신들의 아폴론에 대한 반론은 무엇인가?

3. 주요 코러스인 복수의 여신들의 분장이 아이스킬로스가 말하려는 성(gender)의 역동성에 영향을 주고 있는가?

4. 이 극의 주요한 문화적 위기는 무엇인가? 오레스테스를 복수의 여신들에게서 풀려날 수 있도록 해주는 데 있어서 간과되는 점은 무엇인가?

5. 복수의 여신들의 저주(스트로프 1과 안티 스프로프 1의 192-193에서 반복됨)에는 어떤 위협이 내포되어 있는가?

6. 이 극의 중간부분은 아마도 법정 드라마의 최초의 예일 것이다. 어떤 인물들이 피고의 역할을 하는가? 검사측 변호인은? 피고측 변호인은? 법관은? 배심원은? (법정 장면 이해를 위한 별도의 질문들을 참고하시오.)

7. 아테나 여신이 복수의 여신들을 자비의 여신들로 만들었을 때 그 변화의 의미를 생각해보시오.

8. 복수의 여신들이 오레스테스에게 저주를 퍼부은 주요한 이유는 무엇인가? 아폴로신의 세 가지 반론을 설명하라. 이 주장들 중 어떤 것이 오레스테스가 승리할 수 있도록 하였는가?

*9. 삼부작의 결말이기도 한 『에우메니데스』의 결말이 가지는 특징과 의미를 논해보시오.

모범 답안

*** 9번 문제 답안 예시**

그리스 비극을 주로 『오이디푸스왕』이나 『안티고네』 또는 『메데이다』를 통해서 접해 보았던 독자들은 이 극의 결말이 뜻밖일 것이다. 오레스테스 삼부작 중에서 앞의 두 극만 알고 있던 독자들에게도 마지막 극인 『에우메니데스』의 결말이 뜻밖일 것이다. 삼부작의 결말은 해피엔딩 이상의 의미를 가지고 있다. 아름답고 서정적이며 위대한 미래를 바라보는 낙관적인 결말이다. 놀랍고 아름다운 운명이 오레스테스와 그의 왕국 아르고스, 아르고스와 아테네의 우정, 아테네 국가, 그리고 복수의 여신들인 에우메니데스을 기다리고 있다. 삼부작의 범위가 더 확대된 곳까지 열려진 것이다. 오레스테스는 퇴장하고 이제 아테나 여신과 복수의 여신들이 새로운 미래의 문을 두드리게 된다.

복수의 여신들의 반복해서 노래하는 경향은 재판의 판결이 내려진 후에는 새로운 의미를 가진다. 그들은 처음에는 분노에 사로잡혀 그 이상을 볼 줄 모른다. 아테나의 강력한 논리에 그들은 단지 협박과 오래된 원한과 비탄만을 반복할 뿐이다. 이런 반복되는 후렴은 복수의 여신들의 마음과 생각이 무엇인가에 사로 잡혀 있는 것을 드러내 주는 솔직함이기도 하다. 그녀들은 아테나 여신이 가지고 있는 생각의 유연함이 없다. 아테나가 그들과 이성적으로 논의를 하고자 할 때에 그들을 설득하기는 수월하지 않다. 복수의 여신들은 아테나의 논리가 그들을 감동시키기까지 반복하여 그들이 당한 치욕과 배반감 그리고 분노를 노래할 뿐이다. 그러나 아테나는 인자하다. 그녀는 구세대이며 연장자인 에우메니데스들이 지니고 있는 지혜를 인정한다. 그녀는 설득의 능력을 발휘하고 있다.

설득(*Peitho*)은 『오레스테스 삼부작』에서 여러 모습으로 의인화되어 반복되어 나타난다. 클리타이메스트라와 오레스테스, 그리고 아테나 여신이 사용하는 설득은 그 의미가 다르다. 『아가멤논』에서 클리타이메스트라는 아가멤논을 살해하기 위한 유혹과 계략으로 설득력을 사용하고 있는 반면, 『제주를 바치는 여인들』에서는 오레스테스가 그의 적을 '속이고' 아가멤논의 '복수를 하는 힘'으로 사용된다. 그러나 삼부작의 마지막 극인 『에우메니데스(자비로운 여신들)』에서 설득은 아테나가 복수의 여신들의 원한을 달래고 화해시키는 여신의 능력으로 나타난다. 설득과 공포의 오용이 수정되는 것이다. 공포는 정의의 도구로 변화된다. 설득은 이전의 파괴적인 힘에서 가장 동정심 많고 건설적인 형태로, 즉 강압적이거나 충동적인 힘이 아닌 이성과 화해의 힘이며, 상대방을 변화시키고 마음을 얻을 수 있는 외교적인 힘으로 진보하고 있다. 이 설득력은 아테나 여신에게 특히 신성시되는 정치적, 그리고 민주주의적인 힘이다.(주 99) 참고)

복수의 여신들을 새로운 질서 속에 성공적으로 편입시킴으로써 아테나는 구세대 신들과 과거의 법을 짓밟고 모욕하는 젊은 세대의 신들의 위협에 마침표를 찍고 있다. 아폴론은 이 극 내내 복수의 여신들에 대한 혐오감과 경멸을 자제하지 못하고 있음으로써 오레스테스과 한편을 이루어 분노를 발하고 있다. 복수의 여신들이 진리의 중요한 한 요소를 구현하고 있다는 것을 인식하는 지혜를 가진 신은 아테나 여신이다. 복수의 여신들은 아테나와 아폴론이 태어나기 이전부터 존재했던 신이며 그들 나름의 지혜를 가지고 있다. 아이스킬로스의 세계관에 의하면 그들의 잔인함과 힘은 질서를 유지하는데 필요한 요소이다.

오레스테스 삼부작에 나타난 통합은 동일한 힘들의 융화가 아니다. 이 극에 나타난 여러 상충되는 힘들, 남/여, 신/구, 원시적 힘과 이성적 힘들은 극의 말미에 화해로 이끌어지지만 대부분의 경우 하나의 힘이 다른 힘에 종속된다. 여성의 권력이 남성의 권력을 지지하고 그에게 종속되고, 구세대와 옛 법이 젊은 세대와 새로운 법에 길을 내어주며, 원시적인 힘이 이성적인 신들의 전에 마련된 처소를 받아들인다. 그러면서도 여전히 어떤 힘도 완전히 말살되지 않는다. 종속적인 힘들은 새로운 질서에 필요한 힘들이며 새로운 질서는 원시적 과거와의 화합에 의존하고 있다. 복수의 여신들은 젊은 아테네 국가의 강력한 우방이 될 것이다. 그들은 아테나 여신의 제안을 받아들인 후 눈에 띄게 변화된다. 그러나 그들의 내면의 핵심에는 여전히 인간들의 마음속에 두려움을 일깨우는 능력과 잔혹함을 가지고 있다.

아이스킬로스는 자기 조국을 찬양하고 운명의 여신과 제우스 신에게 찬사를 바치며 극을 끝낸다. 삼부작은 아테네의 위대한 운명에 대한 약속으로 끝을 맺는다. 이 도시의 힘은 원시성과 이성, 폭력과 온유함이 나란히 화합하여 함께 하는 조화에서 나오게 될 것이다.

　두 번째 코러스인 여인들은 제우스와 운명의 여신이 복수의 여신과 아테나 간의 화해를 인도했다고 노래한다. 인간들은 신들의 뜻을 이해하도록 태어났다. 목적론을 만들어야 하는, 혹은 인간의 언어로 신들의 뜻을 설명해야 하는 강한 욕구는 삼부작의 중요한 테마이다. 아트레우스가를 묶어놓았던 모든 사건들은 마지막의 승리로 귀결된다. 삼부작은 아트레우스가의 사람들이 어떻게 문명의 진보에 한 부분으로 참여하고 있는지 설명하고 있다. 세대에서 세대로 이어지던 잔인함과 폭력의 악순환은 신들이 개입함으로 막을 내리게 된다. 이 잔인함을 끝내기 위해 아테네에 최초의 살인 법정이 서게 된다.

　아트레우스가의 초기 비극은 희망적이고 조화로운 새로운 질서로 가기 위한 보다 큰 계획의 일부이다. 아이스킬로스는 역사 속의 신화적인 순간과 의미를 포착하여 극 속에 재현하고 있다. 즉 야만적이며 케케묵은 과거의 법과 가치관 그리고 그리스 문명의 대담하고 새로운 질서, 신세대 올림포스 신들과 이성 사이에서 갈팡질팡하고 있는 세상을 그리고 있는 것이다. 이 두 세계 사이에서 받는 고통이 아트레우스가의 폭력의 순환으로 그리고 늙은 복수의 여신들과 신세대 아폴론 신과의 충돌로 극화되고 있다. 삼부작인 『오레스테이아』는 초기 문명의 성장 진통에 관한 이야기로 해석할 수 있다. 결국 새로운 것이 오래된 낡은 것을 파괴하는 대신 통합하게 된다. 신들의 도움을 받아서 젊은 세대들은 구세대와 화해하게 된다. 아트레우스가에 내려진 저주와 여러 비극들을 속에서 운명의 여신은 더 풍성하고 더 심오한 질서를 키워냈으며 인간과 신 모두를 강인하게 하고 문명화시키고 있다.

아이스킬로스의 작품 이해를 위한 40개의 퀴즈풀이

1. 아이스킬로스는 어느 도시국가의 사람인가
   (a) 스파르타(Sparta)　　　　(b) 미케네(Mycenae)
   (c) 크로이(Troy)　　　　(d) 아테네(Athens)

2. 아이스킬로스는 당시 그리스 연극에 어떤 변화를 주어 서양연극을 탄생시킨 아버지라는 칭호를 얻게 됩니까?
   (a) 코러스
   (b) 두 번 째 배우를 등장시켜 극적인 이야기　구성을 가져옴
   (c) 세 번 째 배우를 등장시켜 더 복잡한 극적 갈등을 만들었음
   (d) 관객

3. 그리스 연극 삼부작 중에서 현존하는 작품은 몇 개나 됩니까?
   (a) 6개이며, 그 중 5개는 아이스킬로스의 작품이다
   (b) 5개이며, 그 중 하나가 『오레스테스 삼부작』(*Oresteia*)이다.
   (c) 『오레스테스 삼부작』 하나뿐이다
   (d) 『오레스테스 삼부작』과 『오이디푸스 삼부작』 두 편이다.

4. 그리스 연극의 특징은,

(a) 연극을 최대한 사실적으로 보이게 하기 위해 매우 자연주의적인 극

(b) 마스크와 코러스가 등장하는 독특한 양식을 갖춘 극이다.

(c) 종교적 축제의 한 부분으로 존재했다

(d) (b)와 (c) 모두 맞다.

5. 그리스 극의 배우들의 의상은,

(a) 마스크(masks)

(b) 토가(togas)

(c) 모두 검정과 붉은 색이다.

(d) 자유롭게 입었다.

6. 그리스 극에서 노래와 춤으로 또는 극의 해설, 다른 극중인물들과 대화를 나누기도 하는 그룹을 일컫는 말은?

(a) 코러스(Chorus)

(b) 박카이(Bacchae)

(c) 파로도스(Parodos)

(d) 코모스(Comos)

7. 아가멤논을 살해한 사람은,

(a) 오레스테스와 엘렉트라

(b) 이피게니아와 헬렌

(c) 클리타임네스트라와 아이기스토스

(d) 아트레우스와 필라데스

8. 아트레우스가(家)의 저주는 어디에서 시작되었나?

(a) 아가멤논이 딸 이피게니아를 희생시킴으로써

(b) 아가멤논의 살해로 사건

(c) 티에스테스의 자녀들을 살해한 사건

(d) 폴리네시스의 장례식을 거부함으로써

9. 아가멤논은 어느 전쟁에서 그리스군의 총사령관이었나?

    (a) 아테네 전쟁   (b) 테바이 시민전쟁

    (c) 트로이 전쟁   (d) 아마존과의 전쟁

10. 그리스 군대가 아울리스로 출항하기 전 아르테미스 여신을 달래기 위해 한 일은?

    (a) 티에스테스의 자녀들을 살해해서 음식으로 대접했다.

    (b) 아가멤논의 딸인 이피게니아를 제물로 바쳤다.

    (c) 트로이를 공격했다.

    (d) 오디세우스를 따로 작은 배에 실어 보냈다.

11. 아가멤논이 귀향했을 때 어떤 일이 있었는가?

    (a) 헬렌의 환대를 받았다.

    (b) 엘렉트라와 오레스테스에 의해 살해되었다.

    (c) 목욕을 하는 중에 살해되었다.

    (d) 아킬레스가 매복하고 기다렸다.

12. 클리타임네스트라는,

    (a) 정부 아이기스토스와 함께 아르고스의 독재자가 되었다.

    (b) 남편 아가멤논의 죽음을 10년 간 애도하였다.

(c) 아폴론의 여사제 피티아가 되었다.

(d) 복수의 여신인 에리니에스가 되었다.

13 클리타임네스트라는 그 후,

(a) 아들 오레스테스를 추방하고 딸 엘렉트라를 후계자로 삼았다.

(b) 아이기스토스를 추방하고 오레스테스를 후계자로 삼았다.

(c) 엘렉트라를 추방하고 오레스테스를 자신의 노예로 삼았다.

(d) 오레스테스를 추방하고 엘렉트라를 종으로 삼았다.

14. 『제주를 바치는 여인들』에서 오레스테스는 누구의 명령을 받고 고
국 아르고스로 돌아왔는가?

(a) 아폴론이 그에게 사제가 되라는 명해서

(b) 아테나여신이 그에게 아이기스토스를 살해하라고 해서

(c) 아폴론이 그에게 어머니 클리타임네스트라와 아이기스토스를 살
해하라고 명해서

(d) 엘렉트라를 죽이라는 제우스의 명령으로

15. 『제주를 바치는 여인들』에서 신의 명령을 수행한 직후 오레스테스
가 본 것은?

(a) 그가 한 끔찍한 행동을 보복하려는 복수의 여신들

(b) 그의 승리를 축하하는 뮤즈 여신들

(c) 그에게 축하하는 아테나 여신

(d) 그에게 벼락을 내리고자 하는 제우스신

16.『에우메니데스』는 어디 장소에서 시작되는가?

(a) 트로이의 제우스 신전 앞에서

(b) 델포이의 아폴론 신전 앞에서

(c) 아테네의 아테나 여신의 신전 앞에서

(d) 코린스의 헤라 신전 앞에서

17. 피티아는 누구인가?

(a) 고대 원시 뱀의 여신　　　(b) 아테네의 사제

(c) 아폴론의 여사제　　　　　(d) 아마존의 여왕

18. 오레스테스가 도망치도록 아폴론은 복수의 여신들에게 어떻게 했는가?

(a) 번개로 그들을 쳤다.

(b) 오레스테스가 모습을 투명이 숨길 수 있는 능력을 주었다.

(c) 헤르메스를 보내 복수의 여신들이 길을 잃도록 했다.

(d) 복수의 여신들을 잠들게 했다.

19. 신전에서 복수의 여신들을 깨운 것은 누구인가?

(a) 클리타임네스트라의 망령　　(b) 아가멤논의 망령

(c) 아이기스토스의 망령　　　　(d) 이피게니아의 망령

20. 클리타임네스트라의 망령은 자신이 죽은 망자들 사이에서 모욕을 당한 이유가 무엇이라 설명하는가?

(a) 아이기스토스를 살해했기 때문에

(b) 남편을 살해했기 때문에

(c) 아들을 추방했기 때문에

(d) 딸을 추방했기 때문에

21. 복수의 여신들이 오레스테스의 죄가 클리타임네스트라의 죄보다
    더 악하다고 주장하는 이유는?
    (a) 친족의 피를 흘렸기 때문에
    (b) 자신의 신분을 속이는 방법을 사용했으므로
    (c) 살인을 즐겼기 때문에
    (d) 신의 동의 없이 살인했기 때문에

22. 복수의 여신들이 구현하고 있다고 생각되는 가장 타당한 것은?
    (a) 신세대(젊음), 이성, 아름다움   (b) 신세대(젊음), 이성, 추함
    (c) 구세대(늙음), 원시적 힘, 공포   (d) 구세대(늙음). 이성. 남성성

23. 아폴론이 대표하고 있는 가장 중요한 것은?
    (a) 신세대(젊음), 이성   (b) 신세대(젊음), 추함
    (c) 원시적 힘, 공포   (d) 이성, 공포

24. 장면의 전환은 어디로 이루어지는가?
    (a) 아크로폴리스의 아테나 여신의 신당
    (b) 스파르타의 제우스 성소
    (c) 델포이의 아폴론 신당
    (d) 타르타로스의 복수의 여신들의 신당

25. 아테나 여신이 오레스테스의 사연과 에우메니데스의 오레스테스에
    대한 송사를 들었을 때 어떤 결정을 내리는가?
    (a) 12명의 배심원을 세워 이 사건을 재판하게 한다
    (b) 오레스테스의 죄를 인정한다.
    (c) 여신의 판단에 의해 오레스테스의 무죄를 선언한다.
    (d) 오레스테스를 제우스에게 보내어 재판을 받게 한다.

26. 에우메니데스의 노래의 특징 중 하나는,
    (a) 끊임없이 제우스를 찬양한다.
    (b) 제우스의 부친인 크로노스를 찬양한다.
    (c) 불과 동물의 이미지를 병행시키고 있다.
    (d) 후렴처럼 같은 노래를 반복하고 있다.

27. 『에우메니데스』에 나오는 코러스는,
    (a) 복수의 여신(에리니에스: Erynies/the Furies)이라고도 알려진 에우
        메니데스들이다.
    (b) 하르피스(Harpies)라고 알려진 에우메니데스들이다.
    (c) 아테네시의 여자 노예들이다.
    (d) 아폴론신의 추종자들이다.

28. 에리니에스(Erynies/the Furies)들은,
    (a) 음악과 시의 고대 구세대 여신들이다.
    (b) 고대의 복수의 여신들이다.

(c) 고대 여왕들의 망령들이다

(d) 서로 자리다툼을 하던 신세대 올림포스 여신들이다.

29. 복수의 여신들이 오레스테스의 뒤를 쫓는 이유는?

  (a) 그가 아르고스 왕위의 후계자이므로

  (b) 엘렉크라의 오빠이므로

  (c) 아폴론 신전의 신성함을 더럽혔으므로

  (d) 친족살해의 죄를 범했으므로

30. 아테나 여신의 출생에 관해서,

  (a) 아폴론과 아르테미스의 모친인 레토의 딸

  (b) 여인의 자궁을 빌지 않고 제우스의 머리 속에서 탄생

  (c) 복수의 여신의 딸

  (d) 대지의 여신 가이아의 딸

31. 아테나 여신이 아테네 시민들에게 오레스테스의 재판장면을 지켜
    보기를 권한 이유는?

  (a) 친족살해에 대한 경고로 두려움을 주기 위해서

  (b) 국가의 방위에 대한 경각심을 불러오기 위해 복수의 여신들을
      본으로 보이고 싶어서

  (c) 아르고스에 대한 전쟁을 선포하도록 시민을 설득하려고

  (d) 오레스테스의 재판과정을 장차 올 모든 살인법정의 본으로 삼게
      하고 싶어서

32. 재판에서 오레스테스의 주된 변론인은?

    (a) 아가멤논의 망령   (b) 오레스테스 자신

    (c) 아테나   (d) 아폴론

33. 오레스테스의 변론자의 변론은 무엇인가?

    (a) 생명의 씨를 뿌리는 부친만이 진정한 부모이다.

    (b) 생명을 잉태하고 양육한 모친만이 진정한 부모다.

    (c) 어린아이에게는 부친만 있고 모친은 없다.

    (d) (a)와 (c) 둘 다.

34. 복수의 여신들의 반론은?

    (a) 신세대 올림포스의 신들은 오래된 구세대의 법을 짓밟고 정의를 조롱하고 있다.

    (b) 오레스테스는 엘렉트라를 죽인 죄가 있다.

    (c) 젊은 올림포스 신들은 클리타임네스트라의 망령의 소리를 들을 필요 없다.

    (d) 크로노스만이 진정한 유일한 신이다.

35. 배심원들이 결정하는 동안 아테나 여신은 시민들에게 무엇을 설교하는가?

    (a) 두려움은 정의를 이루기 위한 중요한 동반자이다.

    (b) 두려움은 분노를 분노는 증오를 낳는다.

    (c) 어떤 대가를 치르더라도 자비를 베풀어야 한다.

    (d) 법의 문제에서는 여성이 남성을 지배해야 한다.

36. 배심원들의 투표 결과는?

(a) 만장일치로 복수의 여신 편을 들었다.

(b) 만장일치로 오레스테스 편을 들었다.

(c) 유죄와 무죄가 동 수로 나왔다.

(d) 이 소송을 각하하기로 하였다.

37. 아테나 여신을 그녀의 표를 누구에게 던졌는가?

(a) 복수의 여신들 편으로

(b) 오레스테스 편으로

(c) 어느 쪽 편도 들지 않았다.

(d) 소송 각하 쪽으로 표를 던졌다.

38. 평결을 듣고 나서 오레스테스는

(a) 피티아에 의해 처형되기 위해 무대 밖으로 퇴장한다.

(b) 무대 밖으로 퇴장하여 복수의 여신들에게 희생당한다.

(c) 아테나 여신에게 감사하고 앞으로 영원히 아르고스는 아테네의
우방이 될 것을 약속한다.

(d) 아폴론의 사제가 된다.

39. 오레스테스가 퇴장하자

(a) 아폴론이 그의 생명을 위해 탄원하지만 소용없다.

(b) 아폴론은 올림포스 신들과 아테네와의 전쟁을 선언한다.

(c) 아폴론이 그를 따라간다.

(d) 아폴론은 하늘의 번개를 내려 복수의 여신들을 파멸시킨다.

40. 아테나 여신은 보수의 여신들에게 어떤 제의를 하는가?

(a) 한시간 이내에 아테네를 떠나라고 한다.

(b) 이 나라의 수호신으로 머물러 달라고 설득한다.

(c) 스파르타와의 전쟁에서 그녀를 도와 적을 살해하도록 부탁한다.

(d) 지하세계로 돌아가서 다시는 세상 밖으로 나오지 말라고 한다.

▶정답

1. (d)	2. (b)	3. (c)	4. (d)
5. (a)	6. (a)	7. (c)	8. (c)
9. (c)	10. (b)	11. (c)	12. (a)
13. (d)	14. (c)	15. (a)	16. (b)
17. (c)	18. (d)	19. (a)	20. (b)
21. (a)	22. (c)	23. (a)	24. (a)
25. (a)	26. (d)	27. (a)	28. (b)
29. (d)	30. (b)	31. (d)	32. (d)
33. (d)	34. (a)	35. (a)	36. (c)
37. (b)	38. (c)	39. (c)	40. (b)

고전·르네쌍스 드라마 한국학회편, 『그리스·로마극의 세계』 1. 서울: 동인, 2000.

______. 『그리스·로마극의 세계』 2. 서울: 동인, 2001.

이윤기. 『이윤기의 그리스 로마신화』 1, 웅진닷컴, 2000.

______. 『이윤기의 그리스 로마신화』 2, 웅진닷컴, 2002.

Aeschylus. *Aeschylus I: Oresteia. Trans.* Richmond Lattimore. Chicage: U of Chicago Press, 1953.

______. *The Oresteia.* Trans. Peter Meineck. Hackett Publishing Co. 1998.

______. *The Oresteia.* Trans. Robert Fagles. Penguin 1977.

Ahren, Robert, Jr. *Monarch Notes: The Plays of Aeschylus.* New York: Monarch P, 1966.

Bloom, Harold. Ed. *Aeschylus' The Oresteia.* New York: Chelsea, 1988.

Brown, Andrew. *A New Compainon to Greek Tragedy.* London: Croom Helm, 1983.

Conacher, D. J. *Aeschylus: The Earlier Plays and Related Studies.* Toronto: U of Toronto P, 1996.

______. *Aeschylus' Oresteia: A Literary Companion.* Toronto: U of Toronto P, 1987.

Dover, K. J. "The Political Aspeets of Aeschylus' *Eumenides.*" Journal of Hellenic Studies 77: 230-237.

Gagarin, Michael. *Aeschylean Drama.* Berkeley: U of California P, 1976.

Easterling, P. E. Ed. *The Cambridge Compainon* to *Greek Tragedy.* Cambridge; Cambridge UP, 1997.

Goldhill, Simon. *Aeschylus: The Oresteia.* New York: Cambridge UP, 1992.

______. *Language, Sexuality, Narrative: The Oresteia.* New York: Cambridge UP, 1983.

Headlam, W. "*The Last scene of Eumenides.*" Journal of Hellenic studies 26: 218-277.

Herington, John. *Aeschylus.* New Haven, Connecticut: Yale UP, 1986.

Hogan, James C. *A Commentary o the Complete Greek Tragedies: Aeschylus.* Chicago: U of Chicago P, 1984.

Kitto, H. D. F. *Greek Tragedy: A Literary Study.* London: Methuen, 1986.

Konishi, Haruo. *The Plot of Aeschylus'* Oresteia. Amsterdam: Adolf M. Hakkert, 1990.

Kuhns, Richard. *The House, the City, and the Judge: The Growth of Moral Awareness in the Oresteia.* New York: Bobbs-Merrill, 1962.

Lebeck, Anne. *The Oresteia: A Study in Language and Structure.* Washington, D.C.: The Center for Hellenic Studies, 1971.

Lloyd-Jones, H. *Oresteia*. Berkeley & Los Angeles: U of California P, 1993.

Milch, Robert J. *Cliffs Notes on Aeschylus' Agamemnon, The Choephori & the Eumenides*. New York: Hungry Minds, 1965.

Otis, B. *Cosmos and Tragedy: An Essay on the Meaning of Aeschylus*. Chapel Hill: U of North Carolina P, 1981.

Podlecki, A. *Eumenides*. Aris and Phillips: Warminster, 1987.

Rosenmeyer, Thomas G. *The Art of Aeschylus*. Berkeley: U of California P, 1982.

Segal, Erich. Ed. *Oxford Readings in Greek Tragedy*. Oxford: Oxford UP, 1983.

Smith, Erbert Weir. *Aeschylus II*. Cambridge: Harvard UP, 1926.

Sommerstein, A. *Eumenides*. Cambridge: Cambridge UP, 1989.

Spatz, Lois. *Aeschylus*. Boston: Twayne, 1982.

Taplin Oliver. *The Stagecraft of Aeschylus*. Oxford UP, 1977.

Vellacott, Philip. *The Logic of Tragedy: Morals and Integrity in Aeschylus' Oresteia*. Durham, North Carolina: Duke UP, 1984.

Winnington-Ingram, R. P. *Studies in Aeschylus*. Cambridge: Cambridge UP, 1983. Taplin, Oliver. *Greek Tragedy in Action. Berkeley*: California UP, 1978.

· 옮긴이

이봉희

　　성균관대학교 영문학과 졸업
　　미국 University of Southern California 영문학 석사
　　영국 Cambridge University 수학
　　성균관대학교 대학원 영문학 박사(셰익스피어 전공)
　　중앙대학교 신문방송대학원 출판전문경영인과정 수료
　　현재, 나사렛대학교 영미문화영어학과 주임교수

　　논문: 『햄릿』에 나타난 무차별적 혼돈과 주인공의 복원시도(박사논문)
　　　　　구조주의적 분석을 통해 나타난 『탐 존스』(*Tom Jones*) 속의 인간성의 의미
　　　　　거울로서의 예술: 『실수연발』(*The Comedy of Errors*)에 나타난 셰익스피어의 예술관
　　　　　"우리의 전쟁은 끝났습니다"?: 오셀로 장군의 전쟁과 패배
　　　　　'영화인 세상'에서의 창과 방 그리고 엿보기: 히치콕의 <이창>
　　　　　전통 혹은 인간본성: 셜리 잭슨의 「추첨」(*The Lottery*)
　　　　　루이지 피란델로의 진실게임: 『당신이 옳아요(그렇게 생각하신다면)』
　　　　　수잔 글래스펠의 『사소한 것들』: 페미니즘을 넘어서
　　　　　싸르트르의 극에 나타난 비극적 인간상: 닫힌 문(*Huis Clos*)을 중심으로 외 다수
　　역 · 저서: A River Runs Through It(<흐르는 강물처럼>) 편역
　　　　　　　A Passport to English
　　　　　　　Business English in the ESL Situation
　　　　　　　그 외 영화관련 칼럼과 시, 수필 발표 등 다수

에우메니데스

아이스킬로스 지음 / 이봉희 옮김
초판 1쇄 발행일 2004. 2. 25
ISBN 89-5506-206-0

· 펴낸곳

도서출판 동인 / 펴낸이 · 이성모 / 주소 · 서울시 종로구 명륜동2가 237 아남주상복합Ⓐ 104호 / 전화 · (02)765-7145,
55 / 팩스 · (02)765-7165 / Homepage · www.donginbook.co.kr / E-mail · dongin60@chol.com / 등록번호
· 제 1-1599호

정가 9,000원

※ 잘못 만들어진 책은 바꾸어 드립니다.